5分で笑える!
おバカで愉快な物語

『このミステリーがすごい!』編集部 編

宝島社
文庫

宝島社

5分で笑える！
おバカで愉快な物語

『このミステリーがすごい！』編集部 編

宝島社

5分で笑える！

おバカで愉快な物語

［目次］

編集者生命、大ピンチ
原稿取り　柚月裕子　9

ドS刑事の上をいくぞ、全裸刑事！
全裸刑事チャーリー　七尾与史　21

お前、誰だよ……アパートに居た、猫耳・髭面の中年男！
猫か空き巣かマイコォか　おかもと（仮）　33

あなたはこの、斜め上のオチを読めるか？
斜め上でした　大間九郎　43

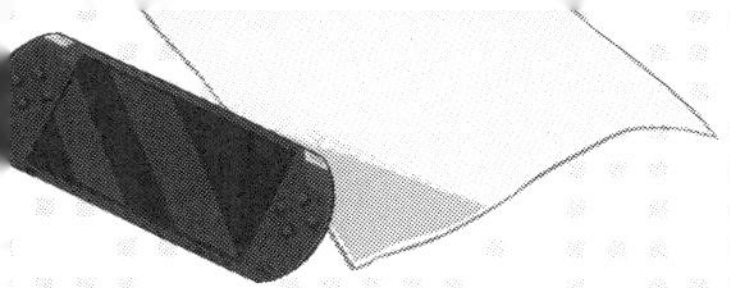

わらしべ長者の若者が手に入れた馬と、屋敷を交換してあげたわしの運命は？
わらしべ長者スピンオフ　木野裕喜　55

ロックスターが餅を詰まらせて死ぬなんて、あり得ない！
ロックスターの正しい死に方　柊サナカ　65

鉄道大好き警部の災難
海天警部の憂鬱　吉川英梨　75

黒髪の少女vs.客人たち、妄想大合戦
空想少女は悶絶中　おかもと（仮）　87

視線が痛い！　浮いちゃってるオレ
浮いている男　堀内公太郎　97

僕の居場所は、どこ？
専用車両　遠藤浅蜊　109

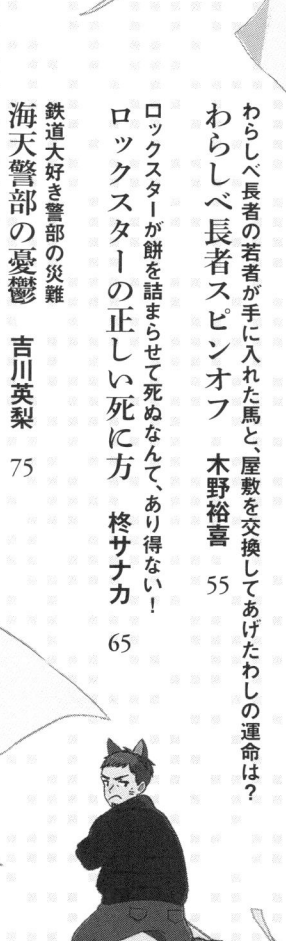

本所深川事件帖　化け猫の皿編
オサキ宿場町へ　高橋由太　119

ヌーディスト刑事、最強最低の事件
全裸刑事チャーリー　恐怖の全裸車両　七尾与史　131

遠い未来、銀河帝国を崩壊の危機に陥れるのは「カワイイ」？
銀河帝国の崩壊 by ジャスティス　大泉貴　143

アテネの女神様、二十数年ぶりの再会？
夏の夜の現実　遠藤浅蜊　153

ちょっとお下劣ですが……爆笑必至のギャグストーリー
メイルシュトローム　谷春慶　163

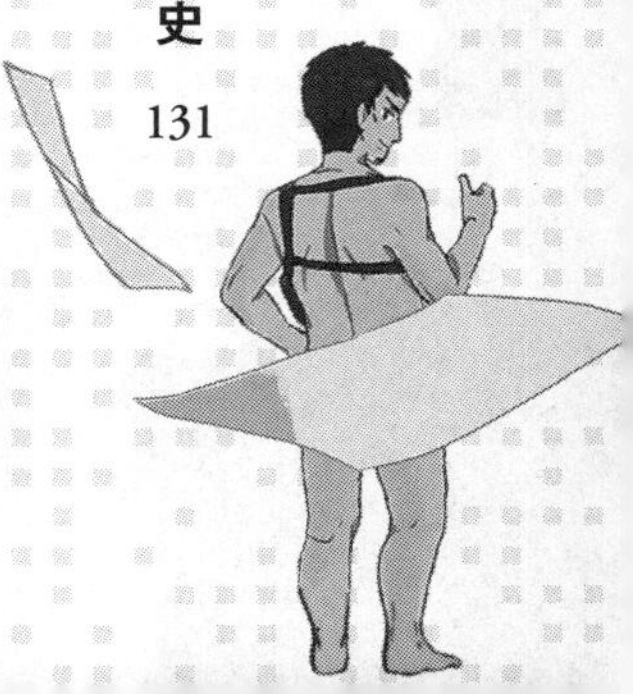

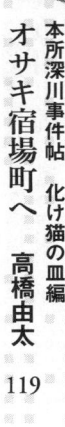

この中にヘンタイがいる……！
ヘンタイの汚名は受けたくない　篠原昌裕　175

飼い猫が人間になる妄想で頭がいっぱいの彼。私だって、私だって……
猫の恩返し（妄想）　喜多南　185

ロリ界の英雄爆誕!!　言葉遊びの妙と、アホらしすぎる内容のギャップを楽しめ！
悟りを開きし者　木野裕喜　195

市のクリスマス企画を巡る、あり得ない公私混同バトル！
野良市議会予算特別委員会　遠藤浅蜊　205

ピンチ！　余命いくばくもない私の、一番の悩みは……大量のホモ同人誌！
さらば愛しき書　森川楓子　215

美しきご近所さんから贈られた、懐かしいゲームブック。最後のページをめくると……
選ばれし勇者　柊サナカ　225

サンタ界隈で超人気の配達エリア！　国民的アイドルの寝顔が見たい!!
聖夜にジングルベルが鳴り響く　木野裕喜　235

ちょwwwwまwwww半端ねぇ研究の結末www
マジ半端ねぇリア充研究記録　おかもと（仮）　245

「似股間」絵から犯人を暴く！
全裸刑事チャーリー　オシャレな股間!?殺人事件　七尾与史　255

〝切り裂きマヤ〟が闊歩する、バイオレンスな世界は圧巻！
ブックよさらば　深町秋生　267

ある日突然、猛烈な勢いで食事をとりはじめた男の狙いやいかに――
死ぬか太るか　中山七里　277

執筆者プロフィール一覧　289

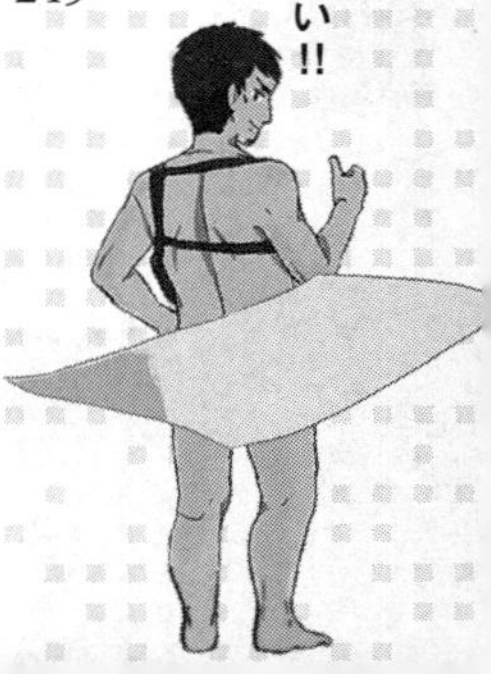

原稿取り　柚月裕子

初出『５分で読める！　ひと駅ストーリー　降車編』（宝島社文庫）

昭和五十六年　夏

鎌倉《かまくら》駅に降り立った甲野修平《こうのしゅうへい》は、江ノ電《えのでん》から横須賀《よこすか》線に乗り換えた。

乗車口に駆け込むと同時に、電車が発車する。

甲野はほっと息を吐《つ》くと、額に浮いた汗を手の甲で拭《ぬぐ》った。なにがあっても、この最終電車に乗り遅れるわけにはいかなかった。

甲野は文芸誌「小説大河」の編集者だ。いま手にしている書類カバンの中には、明日の朝一番に入稿しなければいけない原稿が入っていた。

作者は高林光一郎《たかばやしこういちろう》。作家歴四十年のベテランで、本を出せば必ず数十万部は売れるベストセラー作家だ。全国的に名前を知られた大家だが、業界では筆が遅いことでも有名だった。

今日、甲野は朝から鎌倉の由比《ゆい》ガ浜《はま》にある高林の仕事場に行き、原稿が上がるのを待っていた。最近はＦＡＸを導入する作家が増えているが、昔気質《むかしかたぎ》の高林は手渡しを好んだ。昼食を摂《と》りに行く以外は、仕事部屋の隣にあるリビングで待たせてもらった。執筆の邪魔をしないよう、出来上がるまでただひたすら待った。

高林の小説「荒野の夜が明けるまで」は、小説大河で長期連載中の作品だった。三年半にわたった連載は今回が最終回で、結末を楽しみにしている読者がたくさんいる。

朝、編集部を出ようとすると編集長の上村優一《うえむらゆういち》は、鬼のような形相で「死んでも原稿をとってこい！」と甲野を送りだした。

原稿は終電にぎりぎり間に合う時間に、ようやく仕上がった。高林は、上蓋《うわぶた》を紐で閉じるタイプの書類袋を差し出しながら、甲野に言った。

「この原稿は、私が心血を注いで書いた最終回だ。絶対に失くさないでくれよ。それから、原稿は社に帰って読むように。前にある編集者が、渡した原稿を電車の中で読もうとして車中にばらまいたことがあった。原稿は乗客に踏まれて、半分だめになった。くれぐれも頼む」

真夏なのに、甲野は寒気を覚えた。自分の手違いで原稿を駄目にしたら、首切りものだ。

「社に着くまでカバンから出しません。大切に持ち帰ります」

そう答えると甲野はカバンを抱きしめ、慌ただしく高林の仕事場を辞去した。

甲野は周りを見渡した。平日の上り最終電車は空いていた。観光帰りらしい女性や、スーツ姿のサラリーマン、ポロシャツにチノパン姿の男性客らが、散らばって座っている。みな、一定の距離を保って座っているため、人と人のあいだは微妙に空いていた。

甲野の体重は八十キロある。肥《ふと》った甲野があいだに座ると、肩が触れ合いそうな間隔だ。少しでもゆとりのある席を探す甲野の目に、大人が三人は座れそうなほど空いているスペースが映った。乗車口の近くだ。

あそこに座ろう、と席に近づいた甲野は、なぜそこだけ穴が空いたように誰も座っていないのか理解した。

乗車口のそばに、男がひとりいた。歳は五十歳くらいだろうか。両足をだらしなく前に投げ出し、窓に後頭部をつけて上を仰《あお》いでいる。男は見るからに酔いつぶれていた。高いびきまでかいている。

男のそばに座るべきか、甲野は迷った。東京まで一時間半、男の高いびきと酒の臭いに耐えられるだろうか。もし、男が途中で目覚めて、絡まれたらどうしよう。別な席にしようか、と考えた。が、ホームを全力疾走し、ワイシャツが背中に張りつくぐらい汗をかいた身体で、相手と肩が触れるほど狭い席に着くのは憚《はばか》られた。

――いびきや酒の臭いは耐えればいい。男が目を覚まして絡んできたら、そのときに席を変えればいい。

甲野は男から、ひと席分あいだを空けて座った。腰を下ろした甲野は、原稿が入ったカバンを胸に抱きしめた。

電車が戸塚《とつか》駅に着いた。数人の男女が乗車してくる。乗客はそれぞれ散らばって、席に着いた。

甲野の近くには、ふたりの男が座った。ひとりは中年で、甲野と席をふたつ分空けた場所に座った。もうひとりの青年は、甲野の向かいに座った。青年はキャップを目深《まぶか》にかぶり、ジーンズのポケットに両手を突っ込んで俯《うつむ》いている。

電車が発車する。

見るとはなしに、向かいに座っている青年を眺めていた甲野は、嫌な予感を覚えた。キャップの鍔《つば》から覗く目は、異様に鋭かった。ある一点を、じっと見つめている。

青年の視線は、酔いつぶれて寝ている男性のセカンドバッグに注がれていた。セカンドバッグは、無造作に男の脇に置かれている。誰かが持ち去っても、すっかり寝入っている男性は気がつかないだろう。

――危ないな。

甲野は思った。だが、見ず知らずの男性をわざわざ起こし、注意を促《うなが》すのも躊躇《ためら》われた。

電車が東戸塚駅に着いた。

ドアが開く。と同時に、青年は勢いよく席から立ち上がると、男性のセカンドバッグを掴み電車を飛び降りた。

――やりやがった！

「泥棒！」

甲野は叫びながら、反射的に立ち上がった。そのとたん、身体に衝撃を覚えた。甲野の近くに座っていた中年の男が、甲野に体当たりして電車を降りて行ったのだ。

あっ、と気付いたときは遅かった。男がぶつかった瞬間、胸に抱えていたカバンがなくなっていた。

――やられた！

「ま、待て！」

甲野は男のあとを追って、電車を飛び降りた。中年の男は、階段を駆け下りて行く途中だった。男を全速力で追う。だが、甲野が階段を下りたとき、すでに男の姿はなかった。改札のそばにあるトイレをのぞく。誰もいない。

甲野は窓口にいる駅員に、駆け寄った。

「あの、いま改札を中年の男が出て行ったはずですが、どっちに行ったかわかりませんか」

駅員は乗客ひとりひとりの行き先など、確認していなかった。甲野は荒い息を吐きながら、項垂《うなだ》れた。

――はめられた。

キャップを被《かぶ》った青年と中年の男は、グルだったのだ。酔っ払いのセカンドバッグはおとりで、本当の狙いは甲野の書類カバンだったのだ。大事に抱えているカバンの中に、大金か金目のものが入っていると思ったのだろう。酔っ払いのセカンドバッグを先にかっぱらい、動揺した甲野が書類カバンへの注意を怠《おこた》ったところを狙ったのだ。

顔から血の気が引いていく。

高林先生の原稿を、紛失してしまった。事故に遭《あ》ったようなものとはいえ、自分の落ち度だ。自分がもっとしっかりカバンを抱えていれば、盗《と》られることはなかった。

――どうしよう。

甲野は指示を仰ぐため、公衆電話から編集部に連絡を入れた。上村はまだ残っていた。甲野が事情を伝えると、上村は受話器の向こうで怒鳴り声をあげた。

「お前、なにやってんだ！ 身体を張ってでも原稿を守るのが、編集者の仕事だろうが！」

甲野の手が震えてくる。

「ど、どうしたらいいでしょう」

声も震えていた。

上村は、吐き捨てるように言った。

「土下座して、原稿をもう一度書いてもらうしかねえだろ！ 原稿が落ちたら、お前はクビだ！」

電話が乱暴に切れる。

クビ。甲野の耳に、上村の怒声がこだましている。

――なにがなんでも、原稿をいただかなければ。

受話器を置いた甲野は、ワイシャツの胸ポケットに入れていた手帳を取り出した。ページを開き、高林の電話番号を探す。見つけると甲野は、テレホンカードを入れ直し番号を押した。

数回のコールで、電話が繋がった。

「はい」

先生の声だ。

「夜分遅くすみません。甲野です」

極度の緊張状態で、声が裏返る。甲野は自分に、落ち着け、と言い聞かせた。深呼吸をして、つい先ほど起きた出来事を高林に伝える。話し終えた甲野は、見えない相手に向かって深々と頭を下げた。

「今回のことは、すべて私の落ち度です。先生になんとお詫び申し上げてよいか、言葉もありません」

黙って話を聞いていた高林は、そうか、とひと言つぶやいた。甲野のこめかみを、汗が伝う。口の中に溜まった唾《つば》をごくりと飲み込むと、甲野は受話器を両手で握りしめた。

「つきましては、先生にお願いがございまして……」

もう一度原稿を書いてください、そう頼みたいのだが口から言葉が出てこない。言い淀んでいると、高林が話を切りだした。

「原稿が盗まれたとなると、私はまた書かなければならない、ということだね」

甲野は下げていた頭をいきおいよくあげると、受話器に向かって叫んだ。

「そうなんです、先生！　お願いします。も、もう一度、お原稿をいただけませんでしょうか！　お願いします」

懇願する声に、嗚咽《おえつ》が混じる。

高林は落ち着いた様子で答えた。

「仕方ないだろう。原稿を落とすわけにはいかないからね。私はいまから、もう一度原稿を書く。明日の朝、取りに来なさい」

「ありがとうございます！」

電話を切ると、全身から力が抜けた。

——首が繋がった。

甲野は咽《むせ》び泣きながら、その場にへたへたと座り込んだ。

受話器を置いた高林は、苦笑いを浮かべ、深く息を吐いた。

「運というやつは、どこに転がっているかわからんな」

思わず口から洩れる。

甲野が帰るまでに原稿を仕上げようと頑張ってみたものの、どうしても筆が進まなかった。原稿に詰まり、二進《にっち》も三進《さっち》もいかなくなった。時間を稼ぐしかない。

ひとまず白紙の原稿を渡して、甲野を帰そう。甲野が帰ったあと、集中して原稿にとりかかれば、明日の朝までにはなんとか仕上がる。甲野が社に戻り、なにも書かれてない原稿に気づき連絡してきたら、間違えて入れてしまった、と白《しら》を切る。原稿を取りに来ようにも、相手は始発まで待つしかない。そういう目算だった。

高林は部屋に戻ると、机に向かい煙草を一本吸った。

「どれ、そろそろ仕事をはじめるか」

高林は吸い殻が山積みになった灰皿に煙草を揉み消すと、ペンをとった。

全裸刑事《デカ》チャーリー　七尾与史

初出『「このミステリーがすごい！」大賞10周年記念　10分間ミステリー』（宝島社文庫）

ヌーディスト法案が施行されて一年がたつ。人々の価値観が多様化してついに日本は全裸生活を認めることとなった。反対勢力も強く、国会は揉《も》めに揉めたがヌーディスト派である時の総理大臣が「全裸は究極のエコだ」と意味不明な理屈でごり押しして、彼は生まれたままの姿で法案の施行を高らかに宣言したのである。それに伴い、公然わいせつ罪は意味がなくなったので廃止された。しかし全裸と非全裸の共存は予想以上に困難で各地で様々な問題が持ち上がっている。先日も山手線で全裸専用車両が運用されたばかりだ。

それは警視庁も例外ではなかった。全国初の全裸刑事が登場したのである。彼の名前は茶利太郎《ちゃりたろう》。四十二歳。階級は巡査部長。周囲からチャーリーと呼ばれている。法案施行前の彼はがっしりとした体型のトレンチコートの似合う刑事だった。顔立ちも昭和の刑事ドラマに出てくるようないぶし銀の風格を漂わせている。捜査一課強行犯第5係に属する、数々の難事件を解決に導いてきた刑事である。その正義感と熱血ぶりから上司たちと対立することがしばしばあった。

「どうした、七尾《ななお》。捜査に集中しろ！」

ガイシャを検分していたチャーリーが股間を屹立《きつりつ》させながら僕を怒鳴りつける。

「集中なんてできるわけねえだろっ！」

と絶叫したいところだがぐっとこらえる。こんなのでも僕の上司だ。僕は二十五歳のペーペー巡査。上意下達《じょういかたつ》が徹底された警察組織において階級は絶対だから逆らえない。

僕は「すみません」と詫《わ》びてとりあえずチャーリーの股間から視線を遠ざけた。わざとやっているのかチャーリーは僕の視界に局部が収まるよう微妙に移動しながら調整してくる。そのたびに視線をそらしてやり過ごすわけだが、それが集中できない原因でもある。本庁でも彼の扱いには困っているようだ。女性は目のやり場に困って仕事にならないし、上司たちも「せめてパンツだけは穿《は》け」と注意するが、全裸は法律で認められた権利だからと聞く耳を持たない。最近ではチャーリーに同調する刑事たちも出てきた。キャリア組とノンキャリア組の確執は昔からあったが、今では制服組と全裸組の対立が目立つようになってきた。

「落ちていたセカンドバッグの中から運転免許証が見つかりました。ガイシャは笹村《ささむら》光男《みつお》。五十二歳」

ガイシャは一糸まとわぬ状態で仰向けになって路上に横たわっていた。明らかにヌーディストだ。

「七尾、見ろ。美しいだろ、彼の体は。笹村は俺たちの世界でもカリスマだった。全日本のヌーディストたちの憧れであり目標だったんだ」

「こ、これがですか？」

　僕は耳を疑った。ガイシャはどう見てもメタボ腹がみっともない禿《は》げオヤジだ。妙にきめ細かい色白の肌をしているがそれが美点とは思えない。

「許せねえ。これは俺たちに対する挑戦だ」

　チャーリーが拳を握りしめる。瞳はうっすらと充血していた。すると突然彼は思いもよらぬ行動に出た。

「ちょ、ちょっと……チャーリーさん、何やってるんすかっ！」

　チャーリーはガイシャの上に自分の腹を重ねるようにしてうつ伏せになった。いい年したオヤジが真っ裸で体を重ねて顔をつき合わせている。チャーリーの尻の盛り上がりが妙にたくましい。なんだか悪い夢を見ているようだ。

「こうすると感じるんだ、ガイシャの無念をよぉ。七尾、お前もやってみろ。まずは服を脱げ。服なんてものは虚飾だ。そんなもの着てるから物事の本質を見失うんだ」

「け、結構です……」

　そのうちチャーリーは自分の鼻先をガイシャの鼻にこすり合わせながら泣き出した。

「悔しかったよなぁ、無念だよなぁ。俺にはあんたの気持ちが分かるぜ。絶対にホシをあげてやるからよ」

　いつの間にか彼の顔は涙と鼻水でグシャグシャになっていた。その体液が降り注ぎ、ガイシャの顔もベタベタになっている。

「チャーリーさん、まずいっすよっ！」

我に返った僕は慌てて彼の両足首を握って引きずり下ろした。よりによってこんな男が僕の上司なのだ。

「ホシの手がかりは？」

チャーリーは何事もなかったように立ち上がり、ついでに股間も立ち上げながら尋ねてくる。顔と声だけなら一流の刑事だ。

「え、ええっと現場近くに凶器と思われるハンマー。そして鉄アレイ。そしてなぜか目覚まし時計が落ちてました。さらにガイシャとは別人と思われる男性の写真数枚と名前と特徴を細かくメモしたノートが入ったポーチが見つかってます」

白い手袋をはめたチャーリーは数々の遺留品を確認している。笹村は背後から後頭部をハンマーで殴られたようだ。犯人に関する目撃情報は今のところ出ていない。

「ハンマーはともかく、目覚まし時計ってのがよく分かりません。鉄アレイも不明ですね。さらにノートには同じヌーディストでも違う人物の写真とプロフィールが書かれてます」

目覚まし時計や鉄アレイは何に使われたというのか。特に鉄アレイは十キログラムだから持ち歩くのだけでも大変だ。現場まで持ってくるくらいだから犯人にとって必要なものであるのは間違いない。その上犯人はそれらを現場に残している。そしてガイシャとは違う男性の写真とメモ。犯行の動機は？　目的は？　謎が多すぎる。

「ホシのめどはついた。あとは見つけるだけだ」

「マジっすか？」

　本来は名刑事だと噂《うわさ》に聞いていたが、たったこれだけの手がかりでもうめどがついたというのか。

「ああ。ホシは頑張り屋さんでおっちょこちょいだ。これだけそろえば対象は絞り込める。今日中には逮捕できるさ」

「ホシが頑張り屋さんでお寝坊さんでおっちょこちょい？　どういうことですか」

「簡単な推理だ。ホシはガイシャをハンマーで殴り殺している。そのためにはそれなりの腕力が必要だ。だからホシは犯行のまさに直前まで腕力を鍛えていた。それがあの鉄アレイだ。つまりホシは相当に頑張り屋さんだといえる」

「目覚まし時計は？」

「ホシは疲れるとすぐに寝てしまう人間なんだろう。やつはギリギリまで腕力を鍛えて犯行に及んだ。相当に疲れたはずだ。そこでやつはその場で仮眠を取って体力を十分に戻してから逃走した。しかしホシはお寝坊さんなのだろう。だから寝過ごしてしまわないよう自前で目覚まし時計を用意してセットしたんだ」

「な、なるほど！　最後のおっちょこちょいはどうなんです」

「写真をよく見てみろ。別人とはいえガイシャとよく似ていないか？　つまりホシは人違いをしたんだ。違う相手を殺したんだよ。さらに凶器や鉄アレイ、目覚まし時計を現場に残したままだ。持ち去るのを忘れたんだろう。つまりホシは相当におっちょこちょいだ」

僕は感心するあまりため息を漏らしてしまった。チャーリーは険しい目で犯人の逃走したと思われる方向を睨《ね》め付けると、

「俺の股間はだませない」

とつぶやいた。あやうく股間を見てしまうところだった。

そしてチャーリーが予告した通り、その日のうちに犯人が確保された。近所のたばこ屋で「頑張り屋さんでお寝坊さんでおっちょこちょいな人物を知りませんかね？」と聞き込みをしたら店主のおばあちゃんが、

「それなら三丁目の源《げん》さんだよ」

と教えてくれた。刑事たちはその足で三丁目の源さんを任意で取り調べたらすぐに自供した。互いの顔の見えないインターネットの掲示板で論争が殺意に発展したという。相手を調べあげた上で犯行に及んだつもりが別人を殺してしまった。さらに持ち物も一式ごと現場に置き忘れたようだ。おっちょこちょいにもほどがある。

そして数日後。僕は島田《しまだ》刑事部長に呼び出された。刑事部長といえば警視庁刑事部

のトップである。広い刑事部長室で僕は大いに緊張していた。

「呼び出したのはほかでもない。君の上司の茶利くんのことだ。君も分かっていると思うが彼は実に問題が多い。いくら法案が通ったとはいえあれでは現場の士気にも関わる。そう思うだろ？」

僕は「はい」と心から首肯《しゅこう》した。優秀な刑事であるのは認めるが、彼の股間が気になって仕事にならない。昨夜なんて彼の股間のイチモツに「裸になれ！」と説教される夢まで見た。

「それだけじゃない。いくら法律で認められているからといって世間の風当たりは強いんだ。マスコミにも連日たたかれてる。そこで君に命令だ。なんとか彼を説得してスーツを着させるんだ。いいか、何度も言うがこれは命令だからな。結果が出せないようなら君にも覚悟してもらう。君が望まないことになるかもしれない。明日のこの時間、スーツ姿の彼をここに連れてくるように。以上！」

「そ、そんなぁ……」

「これ以上君と議論するつもりはない。すぐに取りかかってくれたまえ」

僕は部長室を出た。期限は明日。時間がない。僕はチャーリーに真正面からぶつかる決意をした。その日の夜、僕はチャーリーを呼び出して、近所の居酒屋で三時間にわたって彼を説得した。しかし彼は首を縦に振らない。行き詰まった僕は泣いてすがって最後に土下座までした。

「分かったよ、七尾。その件については何とかする。しかし俺もヌーディストとしてのプライドがある。それだけは守らせてもらうぞ。だけど悪いようにはしない。俺に任せてくれ」

「チャーリーさん！」

僕は泣きながらチャーリーに抱きついた。全裸の男に抱きついたのは生まれて初めてだ。

そして次の日、チャーリーと僕は刑事部長室に立っていた。

「そうか、やっと分かってくれたか、茶利くん。すばらしいスーツだ。ちなみにどこで買ったのかね？」

「え、ええっと……近所の『洋服の赤山』です」

「私もあそこを愛用している。やはり君は全裸よりスーツが似合う刑事だよ」

刑事部長は嬉《うれ》しそうに笑った。チャーリーが僕にウィンクを送ってくる。部長はご機嫌だ。僕のことも惜しむことなく労《ねぎら》ってくれた。そして部長室をあとにしようとしたその時、部長に「ちょっと待て」と呼び止められた。

「な、なにか？」

「い、いや。どうやら気のせいだ。俺も疲れてるんだな。行ってよろしい」

部長は目元をゴシゴシとこすりながら言った。僕たちは頭を下げてそそくさと部屋を出た。

「バレたんじゃないかってヒヤヒヤもんでしたよ」

廊下を肩を並べて歩きながら僕はチャーリーに言った。

「このために今日は朝四時起きだったたんだぞ。まあ、これもかわいい後輩のためだ。俺のせいで僻地《へきち》に飛ばされたんじゃ、たまんないからな。かといって俺にも全裸刑事としてのプライドがある」

「四時起きだったんですか。奥さんも大変ですね」

「朝の早起きだけじゃない。ペンキ代が大変なんだ。立体感を出すためにかなり厚塗りしたからな。それに股間を引っ込めるのも案外難しいんだぞ」

僕はチャーリーのスーツを眺めた。美術系の学校を出ているというだけあって彼の奥さんが描くスーツは本物を思わせた。

猫か空き巣かマイコォか　おかもと（仮）

初出『５分で読める！　ひと駅ストーリー　猫の物語』（宝島社文庫）

彼が真夜中にアパートの扉を開けると、頭に猫耳をつけた中年の髭面《ひげづら》の男が机の上を物色していた。頭の猫耳は変装のつもりなのだろうか。ご丁寧に頬に猫ひげまで描いてある。彼と男の視線が中空でぶつかると同時に両者は一斉に脂汗《あぶらあせ》をかいた。状況が理解できないとき、人は妙な行動をとってしまうものである。無人のはずの部屋に猫耳を生やした髭面の男がいれば、誰でもそうなるだろう。

「誰だお前は……」と彼が問うと同時に、猫耳の中年男が「待て」と叫ぶように言った。

「待て、落ち着け。お前の考えていることはわかる。自分の部屋に見知らぬ男がいたら……空き巣ではないかと疑う気持ちも確かにわかる」

「空き巣……なのか……」

猫耳の男は、苦い顔で首を横に振った。

「違う……断じて空き巣などではない……」

「では、お前は……」

「俺は……」

男は眉間《みけん》にしわを寄せて、汗を流し続けていた。沈黙が訪れること五秒、男はようやく口を開いた。

「信じられぬかもしれないが……」

「ああ」

「俺は……未来から来た……そう……そうだ、お前の子孫に送り込まれた……」

「……いや待て」

「猫型ロボットだ！」

猫耳の男はこぶしを握り締め、裂ぱくの声で名乗り上げた。そして沈黙が訪れる。息苦しい気配の中、髭面の男の所作《しょさ》を油断なく注視しながら、彼はおもむろに携帯電話を取り出した。通報するつもりなのだ。

髭面の男は、その表情に深い影を作りながら「待て！」と彼の行動を制止する。

「落ち着け……これは千載一遇のチャンスなのだ……いいか……俺を空き巣だといって警察に突き出すのは簡単なことだ……誰だってできる……子供だってできる……だが考えてみろ……もしも……俺が本物の某国民的猫型ロボットだったらどうするのだ？　もしそうなら……お前は今未来技術を……いや世界を手にしたも同然だろう……試さないのか……俺の力を、もう一度よく考えろ……試せ……試してみるんだ……！」

「だがあの国民的某猫型ロボットは……頭に猫耳など……生えていないだろう」

猫耳の男は無言で猫耳カチューシャを取り外し、机の上にことりと置いた。携帯電話でいつでも通報できるように身構えながら、髭面の男に彼は言った。

「今更《いまさら》外しても……やはり、通報するしか……」

「落ちつけ、ノ○タくん！」

「俺はノビ○などという名前ではない……！」

「君は……君は実にバカだな！　その、なんだ、君の名前は、知らん、もうマイケルでいい、君は実にバカだなマイケル！　このマイケル野郎が！」

携帯電話を掲げたまま、マイケル（仮）は戦慄《せんりつ》した。わけのわからぬ男に遭遇したかと思えばマイケル呼ばわりされる、これに動揺せぬ男はおるまい。自称猫型ロボットは続けた。

「今、君は俺を空き巣だと思ってるかもしれないが、気づかないのか、今二つの選択肢が五十％の確率で、この部屋に存在していることに……君が決めつけない限り、俺は五十％の確率で某国民的猫型ロボットになれるんだ！　シュレディンガーの猫的にはそうなるんだ！　量子力学を信じろよ！　だから曇りなき眼でもう一度俺をよく見ろ……マイケル……君という観測者の目に俺は……どう映って見える？」

自称猫型ロボットは妙な理屈をこねまわし、瞳に熱い炎を燃やして主張した。それに対して彼は冷徹に思ったままの返答をした。

「空き巣に見える」

「聞かなかったことにしてやる。もう一度聞くぞ、マイケル、君の目に――」

「空き巣だ」

「試せよ！　俺の！　未来の力を！」

自称猫型ロボットがマイケル（仮）の胸ぐらをつかみながら叫んだ。自称猫型ロボットの肩は震えていた。見れば彼の瞳は——涙でぬれていた。慟哭《どうこく》の声が部屋中に響き渡る。

「試してくれよ、マイケル！　俺を、俺を信じてくれよ！　俺にチャンスをくれ！　俺には妻も子供もいるんだ！　こんなところでお縄になるわけにはいかねぇんだよ！　猫型ロボット的によぉ！」

「……猫型ロボットなのに妻子持ちなのか……」

「それは、ほら、未来に、ほら、いるっていうか、わかるだろ、ほら、あれだよ、頼むよ、マイケル！」

「……わかった。わかったよ。手を放してくれ」

マイケル（仮）は根負けしたように、答えた。それから携帯電話をポケットにしまった。そして自称猫型ロボットをじっと見つめた。

「自称猫型ロボットの男よ」

「オーケィ、なんでも言ってくれよマイコォ」

発音がよくなっていることが、マイケル（仮）の心をざらつかせたが、彼はこらえた。

マイケル（仮）は部屋を見渡した。壁には何かのアニメのキャラクターのポスターが張られていて、棚にはフィギュアが飾られている。猫型ロボットはおそらくこの部屋を物色する際に猫耳を見つけたのだろう。だがその変装に何の意味があったのか。いや、それはおそらく考えても詮無《せん》きことなのであろう。

マイケル（仮）は机の鍵付きの引き出しを見た。

「実はその机の鍵をなくしてしまって困ってる。未来の技術で開けて見せてくれないか」

「任せてくれ、マイコォ。俺の未来力《みらいぢから》を見せてやる」

自称猫型ロボットは手に持っていた薄汚れたカバンから、何かを取り出した。そして真剣極まりない目でマイケル（仮）を見つめると、やおら叫びだした。

「てってれてってってってー！」

「効果音とかそういうのはいいから……」

「超未来型バールのようなものォ！」

「早く机の鍵を開けろよ」

「オーケー、マイコォ。君は実にせっかちだな。あっちのほうも早いんじゃないのか？」

「ぶち殺すぞ」

自称猫型ロボットは非常に手慣れた手つきでバールを使って机の引き出しの鍵を壊した。それから自称猫型ロボットは引き出しをがたがたと荒っぽくひっぱり、「クソが……」と毒づきながら、無理やりこじ開け、それから振り返ると、額の汗を手で拭《ぬぐ》いながら、ニコォ……と野蛮な微笑みを浮かべた。

「俺の未来力にかかればこんなものよ。未来の人間は鍵など使わない、バール一本で十分なんだぜ……わかるか、マイコォ……結局物理が最強なんだよ……」

「そうか、未来ってなんなんだろうな」

「ところで、だ。マイコォ……俺は、な。用事ができてしまって未来に帰らなきゃいけなくなった。その……どら焼き……どら焼きを買わなければいけなくなってな」

「……そうか」

「短い間だったが、楽しかったよ、マイコォ。俺は帰るけど、その……この時代の警察？　みたいなあれには連絡しないでくれよ、未来力で助けてやったろ？」

「ああ、警察には電話しないよ。約束する」

マイケル（仮）が素直に答えると、自称猫型ロボットは「すまねぇな」と答えた。

「じゃあ俺、行くから、な」

「ああ、早く出てけ」

「今日見たことは忘れてくれよ、マイコォ」

「わかったよ、猫型ロボット」

自称猫型ロボットの男は安心したように部屋を出ていった。マイケル（仮）はやれやれとため息をついた。やっと邪魔者がいなくなってくれた、と安心したのである。

だがその時、自称猫型ロボットが戻って来て、小さな声で言った。

「絶対だぞ、マイ――」

「分かったからさっさと消えろ！」

マイケル（仮）は思わず声を荒立てた。

自称猫型ロボットは悲しげな顔で帰って行った。玄関から、夜の闇の中に消えるように。

部屋にはマイケル（仮）だけが残された。

マイケル（仮）は深呼吸した後、おもむろに机の引き出しの中をあさり始めた。そして茶封筒を見つけた。

「いまどきタンス預金なんかしてるやつもまだいるんだな、一、二、三……クソ、しけてんなぁ」

手慣れた手つきでマイケル（仮）は、茶封筒から紙幣を出して、手早く数え、ポケットにねじ込む。それからさらに部屋の中を物色する。

その時マイケル（仮）は未だに指が震えていることに気づいた。彼はこの辺りの住民の行動はだいたい下調べしてきた。今日、この部屋は確実に誰もいなかったはずだ。それなのに部屋の中に男がいるものだから、気が気ではなかったのだ。

マイケル（仮）に自称猫型ロボットは警察に電話するなと言ったが、マイケル（仮）がそんなことをするはずはなかったのだ。自分で自分の首を絞める泥棒がどこにいる。

マイケル（仮）、いや名も知れぬ泥棒は上着のポケットに手を入れると、闇の中に消えていく。

後には二人の空き巣に荒らされた哀れなオタクの部屋だけが残った。

斜め上でした　大間九郎

初出『5分で読める！　ひと駅ストーリー　乗車編』（宝島社文庫）

とりあえず駆け込んだ電車が東海道線《とうかいどう》で、ドアが閉まるとともに携帯にメールが入る。見る勇気とかねーよ！

空いている席を見つけ座り頭を抱える。

浮気でした。完璧に浮気でした。つき合って五年、就職して三年、そろそろ私だってプロポーズとか期待してたのに完全に浮気でした。

今日はクリスマスイブ、仕事で会えないって言ったけどあれは嘘で、朝一で一人さみしくあの狭いアパートですごしている彼の所にケーキ持って登場、プレゼントはワ、タ、シ、的なベタでもいいから思い出に残るサプライズを用意したのが裏目に出ました。

アパートのドアを開けた瞬間から聞こえるギシアン。

ベッドの端《はし》に見える四本の足。

正常位でした。ガッツリ抱き合ってキスかましてました。

もう私にできることは、写メ撮ってケーキ投げつけて猛ダッシュで逃げることぐらいでした。

どうすんだよ、これ。

首にリボンとか巻いてるしバカじゃないの私？

相手と彼が別れたら許して復縁とかする？　いや無理だ。現場見ちゃったし、見てなければその可能性もあったかもだけどギシアン見たら無理だ。

とりあえず別れるという方向性が決まり少し気分も落ち着いたので携帯に届いているメールを開く。

【なにか勘違いしてると思うけど
あれは会社の後輩で酔って昨日泊まって
ただベッドを貸してただけだから
電話ください】

バカかコイツ？　まだそんなことで言い逃れできると思ってるのか？

【裸でしたが？】送信、すぐ返信がくる。

【裸でしたが、それは暑かったからで不思議なことじゃないと思うんだ
いつも俺、暑いと上、裸じゃん？】

【重なり合ってましたが？】

【ベッドが狭くてこの体勢が一番いいってことになったんだ

ほらウチのベッドシングルじゃん？】

【キスしてましたが？】

【キスじゃないよ
熱があるみたいだからおでこで熱を測っていただけ
角度的にキスに見えただけだよ】

【ベッドがギッシギシしていましたが？】

【いや体勢が決まらなくて
狭いから、ベッド狭いから】

体勢が決まらなくてって、もう何言ってるか分からないんですけど？　言い訳にすらなってないんですけど？　とりあえずこれ以上言い訳し続けられてもらちが明かないのでそろそろ本題に移ろうと思います。

【あなたとは別れます
もう連絡しないでください
新しい恋人と末永くお幸せに】
送信。
いきなり電話が鳴る。

『俺々！ 別れるって勘違いだよ！ いやなんともないし！ 好きなのはお前だけで俺はお前と結婚とかも考えててこんな誤解されたまま別れることなんてできないよ！』

うるさいうるさいうるさい！ デカい声過ぎて全部周りに丸聞こえで皆さん私に注目しちゃっただろうが！ 皆さん期待した目で私を見ちゃってるだろうが！ 電車の中で通話とか本当はいけないことだけど致し方ない。ここで決着をつける！ 周りの皆さんの期待に応える！ 私は靴を脱ぎ座席に正座し、少し猫背になりながら私は手をパタパタ振り、落語家さんのようにジェスチャー込みで話し出す。

「いやいやいや、（ぱたぱたぱた）無理ってもんでげす旦那。裏切られてまであんたとはいれないわいな、もう無理、無～理～」

『愛してるのはお前だけなんだ！』

「そりゃよかった～、でも愛してない人とでもセックスできるんですね～、無～理～」

『あれは遊びで！　遊びだったんだ！』

「遊びで人を裏切れるんですね、無～理～」

『寂しくて！　俺さみしくて！』

「寂しければ誰とでもセックスするんですね、無～理～」

『許してください！　別れないでください！　お願いします！』

「いや現実問題無理じゃね？　私、女だし」

『いやだからそれは……』

「私、チ〇コついてないし」

ドッと沸く車内。

『いやだから……』

「実際問題、男の人とセックスしてた彼氏とこの先セックスする自信ないし」

車内の皆さんは口々に「そりゃ無理だわ」「生えてないもんはしょうがない」などと呟く。

何を隠そう、彼のベッドから生えていた足は四本ともすね毛がボウボウで、完全確実に男だった。結構イケメン君だったのがまた悔しい。

『いや……』

「どう見ても受けてたよね？」

何を隠そう、下になってたのは私の彼だった。もう死にそう。

『………』

「ガッパシ受け入れちゃってたよね？」

ガッパシイッてた。目の前に立っていたサラリーマンが「ガッパシか!?」と興奮して聞いてくるのでうんうんと頷くとなぜか泣きだした。

『………』

「私、機能的にあんなことできないから、そーゆーふーに体ができてないから、正常じゃないのに正常位とか使うなよマジで！　正常位に謝れこのホモ野郎が！　死んで正常位に詫びろ！」

『………』

正常位でイッてた。

「あんた何？　この先一生私とだけで満足できんの!?　あんたガンガン涎垂《よだれた》らしてアヘってたけど私あんなにアンタのことアへらせらんないからね!?　あんた初めてじゃないでしょ！　上級者でしょ！」

びっくりするほど、彼よがってた。

『……いや、それは、』

「なにいつからなの！」

『……いや、』

「言いなさいよ！　いつからなの！」

『……いや、大学の時からで、』

「なにあんた！　三年も騙してたの!?　三年も私に隠れて受けてたの!?　マジ信じらんない！　死ねこのホモ野郎！　死ね！　死ね！　突き殺されて死ね！」

何か叫んでるけど、もういいので電話を叩き切る。

車内の皆さんが「お～」と歓声をあげるので軽く手を挙げ歓声にこたえる。

そして最初と同じように俯《うつむ》き頭を抱える。

もう最悪だ。死にたい。完全に男に彼氏寝取られた。三年前から寝取られてた。全然気がつかなかった。なんで？　あんなに優しくしてくれたの全部嘘だったの？　なんで？　二人でいった旅行とか、二人ですごしたイベントとかすごい楽しんでくれてたじゃん、あれも嘘だったの？　涙があふれ出して、ぼたぼたたれる。悔しい、それに何倍も悲しい、もうあの優しい彼が自分と一緒にすごしてくれないなんて、あの笑顔を向けてくれないなんて、あの優しい手が私に触れてくれないなんて、考えたこともなかった。悲しくて、悲しくて、死んでしまいそうだ。

私は声をあげて泣いた。クリスマスイブ、東海道線熱海《あたみ》行きの車内で、そこそこ混んでる車内で私は声をあげて泣いた。

ただ悲しくて。

ただただ悲しくて。

幸せを失った自分が可哀想で泣いた。子供のように泣いた。

ひとしきり泣くと隣に座っていたおばちゃんがハンドタオルを出して私の顔をグジャグシャ拭き始めた。

「あんた！　泣くだけ泣いたら反撃よ！　私も亭主の浮気でさんざん泣かされたからわかるの！　反撃しないとその悲しみは治まんないわよ！　殺す気でやりなさい殺す気で！」

おばちゃんは上気した顔で私の肩を掴み鼓舞してくる。反撃か、そうか、反撃してこの悲しみを怒りに変えて消失させればいいのか！　なるほど年の功、おばちゃんあたしヤッタる！

私はおばちゃんの手を取り握手しにっこりすると、おばちゃんは、

「根絶やしにしんさい！」

と心強いアドバイスをしてくれた。とりあえず根絶やしとかどうすればいいかわからないけどこの事実を伝えなければなるまい、誰に？　そりゃ決まってる彼が大好きで大好きでたまらない彼のねえさんにだ。

彼のねえさんにメールをする。

【浮気されて別れました
　本当の姉妹になりたかったです
　なれなかったです
　ごめんなさい】

こんなとこか？　モチさっき撮ったホモ写メも添付し送信。

死ね！　社会的に死ね浮気者！

メールを送信すると気持ちがすっきりした。おばちゃんにお礼を言うと、おばちゃんもガッツポーズしてたのでこれで良しとしよう。いつまでも落ち込んでてもしかたがない、悪い男にだまされた、いい女になるための勉強代、そう思って前を向いて進もう。私はそう決心し、立ちあがる。

電車が減速し横浜《よこはま》駅のホームに滑り込む。私はおばちゃんにおじぎをして、開いたドアから出ていく。

電車に乗った時は最悪だった気分が、一駅でそこそこ晴れた。そりゃまだグジグジしたりチクチクするところもあるけど、前を向けないほどじゃない。歩いてゆける。

私は自分の頬を両手でビンタし、無理やり笑顔を作りホームを歩き出す。

ここで着信、携帯を見ると彼のねえさんからだ。心配してくれたのだろうか？　優しい人だ。

電話にでる。

『ねぇ！　さっきの写メなに!?　どういうこと!?』

「いや、彼に浮気されて、相手が男で、でも私大丈夫です！　吹っ切れました！」

『いやいやそんなのどうでもいいの！なんなのこれ！なんでよ！ふざけないでよ！』

「いや、確かに弟さんがホモでご愁傷様《しゅうしょう》です。でも家族として彼を認めてあげてください。マイノリティーには家族の支えが必要らしいので」

『なに言ってんのよふざけないでよ！』

「いやふざけてないんで、あなたの弟ホモなんで」

『そんなことどうでもいいのよ！』

「へ？　どうでもいい？」

『どうでもいいのよ！　なんであたしの彼が弟をガンガン攻めてるのかって聞いてんの！』

うん、浮気はダメ、絶対。

ホモだけに前よりも、お後《あと》がよろしいようで。

わらしべ長者スピンオフ　木野裕喜

初出『５分で読める！　ひと駅ストーリー　旅の話』（宝島社文庫）

馬を譲ってくれた若者が、面白いことを言っていた。

聞けばあの若者、最初はわらしべ一本しか持っていなかったのだという。

それが今では屋敷住まい。にわかに信じられない成り上がりだ。

なんでも、わらしべの先にアブをくくりつけていると、それに興味を示した子供が欲しいと言ったのでくれてやったところ、そのお礼として蜜柑《みかん》をもらったそうだ。

まあ、それくらいの交換ならアリだろう。

次に、若者は喉の渇《かわ》きに苦しんでいる商人と出会ったそうだ。商人は若者が持っていた蜜柑を欲しがった。結果、若者は上等な反物《たんもの》と蜜柑を交換した。

これもまあ、相手が死ぬほど喉の渇きを覚えていたのなら、若者は命の恩人と言えなくもないし、アリと言えばアリだ。

続けて若者は侍と出会う。その侍は、愛馬が急病で倒れてしまったが、急いでいるために馬を見捨てなければならない状況にあった。そこへ若者が、反物と馬の交換を申し出たという。

動物愛護の精神に、わしはいたく感心した。しかも若者が衰弱《すいじゃく》した馬に水を汲んで飲ませてやると、馬は元気を取り戻したという。その奇跡にわしは感動した。

でも、さすがに馬と屋敷の交換はやりすぎた。ちなみに、交換したのはわしだ。

何故《なぜ》そんなことをしてしまったのか。ちょうど婚活《こんかつ》の旅に出ようとしていたこともあるけど、何より、あの若者の運気にあやかりたかったのだ。そうすることで、あわよくば幸せな結婚ができるといいな……なんて思っちゃったりしたわけだ。

わかる。わかるぞ。言いたいことは、よーくわかる。

若者に交換してもらった馬が、諭《さと》すような、憐れむような声で鳴いている。

『なんてバカをしたんスか。自分が言うのもなんスけど、わりに合わないっスよ』

とでも言っているかのような。そのとおりすぎて、グウの音《ね》も出ない。

勢いって怖いな。実際、旅に馬は必需品だけど、屋敷と交換するくらいなら普通に買うわ。屋敷一つで馬が何頭買えることやら。今さら返せとは言えないし、いったいいくらの損失だろうかと頭を抱《かか》えていると、旅の友となった馬が『自分、精一杯働くんで、元気出してくださいな』と、慰めるような声で鳴いた。

「……過ぎたことを悔やんでも仕方ないか。よし、わしはもう後ろを振り返らんぞ。目指せ、若くて美人の嫁さん！　素敵な出会いを求めて旅を続けようじゃないか！」

『その意気っス！　御主人が望むなら、自分、シルクロードも横断する覚悟っス！』

鼻息を荒くした馬が、なんとなくそう返してくれている気がした。

そうそう、名前をつけてやらないとな。しばし考え、わしは馬に《サクラ》と名前をつけた。見たところ牝馬のようだし、可愛らしい名前だと思う。他意はない。

幸い乗り心地はいいし、あの若者のように、わしにとってもサクラが運気を上げてくれる存在になることを願う。

など期待に胸を膨らませていると、前方不注意でドボンと池にはまった。

「がぼぼ、ごぼぼぼぼぼぼ」

深い。どんどん沈んでいく。ヤバい……これはシャレにならない。

重石《おもし》となっている、全財産が入った鞍袋《くらぶくろ》をサクラの背から外《はず》して助けようとするが
……息が続かない。死を予感したわしは、身を切る思いで水上へと掻《か》き泳いだ。

「――――かはあっ！　……ぜはぁ……はぁ……」

どうにか力尽きる前に岸へ這い上がることができた。しかし、その代償は大きい。

サクラが…………沈んでしまった。

がくりと膝をつき、呆気《あっけ》なく相棒と全財産を失った悲しみに打ち拉《ひし》がれていると、
湖の中からパアッと目が眩《くら》むような神々《こうごう》しい光が浮かび上がってきた。

徐々に発光が収まっていくと、そこには湖面に立つ美しい女の姿があった。自らを
湖の女神《めがみ》と名乗り、全身がゴールデンカラーに輝く馬を見せて、こう言ってきた。

「お前が落としたのは、この馬か？」

「全然違う。わしが落としたのは、もっと普通の馬だ」

「では、この馬か？」今度は全身がメタリックシルバーな馬を見せてきた。

「いやだから、もっと普通の馬だってばよ」

「では、この馬か？」続けて湖の女神が見せたのは、まさしくサクラだった。

「サクラァァァァ！」

『御主《ごしゅ》じぃぃぃぃん！』

サクラとの再会を喜んでいると、湖の女神は微笑み、お前は正直者だなと言った。嘘をつく要素が見当たらなかったのだけど、湖の女神は感心したとかなんとかで、金銀の馬も褒美《ほうび》にやると言って、湖の中に帰っていこうとした。

「ちょっと待ってくれ！　こんなんもらっても困るんだけど!?　それよりも一緒に落とした風呂敷を――て、もういねえ、ぅおおおおい!!」

わしの呼びかけも空しく、湖の女神は消え、辺りは静けさを取り戻してしまった。残されたのは、唖然《あぜん》とするわしとサクラ、そこへ新たに加わった金銀の珍馬《ちんば》。注文した覚えもない商品を押しつけられ、有無を言わさず有り金を巻き上げられた気分だが、サクラの命を助けてもらったと思えば納得することもできなくはない。

『御主人、申し訳ないっス……。自分が不甲斐《ふがい》ないばかりにこんな……』

サクラが落ち込んだように弱々しく嘶《いなな》いたので、お互い無事で何よりだと言って、たてがみを梳《す》いてやった。金で命は買えないからな。

とはいえ、旅を続けるにも一文無しでは心許《こころもと》ない。わしは、この付近で一番大きな町まで行き、金銀の馬を買い取ってくれそうな商人を探すことにした。目立つ二頭は町の外れに隠して繋いでおく。

町に入ってしばらく闊歩《かっぽ》していると、気になる御触《おふ》れが目についた。

【かぐや姫の望みを叶《かな》えた者に、貴賤《きせん》を問わず姫の夫となる権利を与える】

聞いたことがある。この世のものとは思えぬ美しさで、多くの男から毎日のように求婚《きゅうこん》を受けている娘がいると。興味はあるが、わしでは高嶺《たかね》の花もいいところだな。

「でもせっかくだ。相手にはされずとも、見に行くだけ行ってみようか」

『相手にされないなんて、そんなことないっスよ。自分がもし人間だったら……』

馬語《うまことば》はわからないが、サクラがわしを励ましてくれているのはわかった。

サクラに跨《また》り風を切って道を行くと、しばらくして、かぐや姫の暮らす立派な御殿《ごてん》が見えてきた。

門の外で一刻《いっこく》ほど待つと、門前《もんぜん》にできた人垣からも、噂どおりの人気が窺《うかが》える。

噂に違《たが》わぬ美貌《びぼう》を目にし、わしはごくりと息を呑んだ。

なるほど。これほどの美人なら、こぞって求婚する男たちの気持ちもわかる。

もっとも、わしはそこまで望まないので、一目御尊顔《ひとめごそんがん》を拝見できただけで満足だ。

待っている間に聞いたのだが、かぐや姫は求婚者たちに、えらく無茶な課題を要求しているそうだ。《蓬萊《ほうらい》の玉の枝》やら《火鼠《ひねずみ》の裘《かわごろも》》やら、実在するのかどうかさえも疑わしい物を手に入れてこいとか。初めから結婚する気がないとしか思えん。

門の外で一刻ほど待つと、門前にできた人垣からも、噂どおりの人気が窺える。

まあ、わしも興味本位でここにいるくらいだし、人のことは言えないけれど。

「あなたには、《水神に仕える金の馬》を手に入れていただきます」

ほらきた。金の馬とか、そんな物、見たことも聞いたことも――……。

「どうなさいました？　やめるなら今のうちですよ？」

「……銀の馬もセットでいかがですか？」


――かぐや姫、ついに結婚する。


このセンセーショナルな話題が町中を駆け巡り、わしは一躍《いちやく》時の人となった。

一文無しになった時はどうなることかと思ったが、まさか、前以上に大きな屋敷に住め、こんなに若くて超美人な嫁さんをゲットできるとは夢にも思わなんだ。

「それもこれも、あの若者と物々交換をしたおかげかな」

……だけど、何故だろう。嫁さん探しという旅の目的を早々に遂《と》げることができ、満たされているはずなのに、何かが心を苛《さいな》んでいる。

それに、わしが身を固めて屋敷に留まるようになって以来、サクラも元気がない。

結婚して一週間が経《た》った頃、わしは思い切って、かぐや姫に新婚旅行を提案した。

すると、かぐや姫は空に浮かぶ月を眺めてこう言った。

「私は月の世界の者。次の十五夜《じゅうごや》に、月に帰らなければなりません」

電波な発言は遠回しな拒否かと思っていたら、数日後、本当に月から迎えがやってきた。どうやら、かぐや姫の正体は宇宙人だったらしい。

「あなたは良い夫でした。ただ男性としては退屈というか……とにかくさようなら」

結婚へのトラウマになりそうな一言《ひとこと》を残し、かぐや姫は月へと帰っていった。

すると、入れ替わるようにして、わしの手の中に見慣れぬ小箱が降ってきた。

もしや、これは悪名高い玉手箱では⁉

咄嗟《とっさ》に投げ捨てそうになったが、わしは脱力して箱に目を落とし、溜息をついた。

「…………これは、わしへの罰なのかもしれんな」

目先の欲にとらわれ、サクラをただのラッキーアイテム扱いしていたことへの。

サクラに元気がないのも、全てわしが原因だ。

あんなに気遣《きづか》ってくれていたのに。大切な相棒だったのに。すまない、サクラ。

わしは贖罪《しょくざい》のつもりで箱を開けた。

しかし箱の中には、掌《てのひら》に収まるくらいの金色の玉が一個入っていただけだった。

なんだろうと眉をひそめると、箱の中に説明書らしき物を見つけた。それによると、これと同じような玉が全部で七つあり、世界中に散らばったそれらを全て集めると、どんな願いでも一つだけ叶えられるという。

それを見て、わしの胸中に、ふつふつと熱い感情が湧き上がってくるのを感じた。

「サクラ！　サクラはいるか!?」

『御主人、ここにいるっスよ！』

待っていましたとばかりに、駆け寄ってきたサクラが嬉しそうに嘶いた。

「サクラ、許してくれ。わしはお前のことを……」

『許すも何も、自分は感謝しているんス。自分みたいな普通の馬と御自宅を交換し、あまつさえ全財産を失い、それでも自分のことを心配してくれた御主人に……』

言葉は理解できないが、サクラの優しさは十分に伝わってきた。

『それでご主人、ドラゴ——もとい、その不思議な玉を探しに行くんスか？』

「……ああ。七つ集まったらサクラを人間にしてもらい、妻《めと》として娶るのもいいな」

『ご、御主人が望まれるのでしたら、自分は馬生《ばせい》くらい、いつでも捨てる所存っス』

「長い旅になるぞ。そう、人生という名の長い旅に」

『望むところっス！　どこまでも、どこまでも御供《おとも》させていただきます！』

揚々《ようよう》とサクラの背に跨り、わしはしみじみと思った。

近すぎると気づかないものだな。

素敵な出会いという願いは、一番初めに叶っていたのだ。

「さあ行こう。わしらの旅はまだ始まったばかりだ！」

ロックスターの正しい死に方　柊サナカ

初出『５分で読める！　ひと駅ストーリー　食の話』（宝島社文庫）

まず、海を思わなければならない。

君たちは、遠いところからやってきたんだね、というねぎらいの心が必要なのだ。生前の姿、大海を泳ぎまわっていた姿を思い浮かべ、こんなにも上質ないりことなった鰯《いわし》たちの一生を頭の中に思い浮かべる。

さあ。水へお帰り、と優しく言いながら、ひとつかみのいりこを空き瓶に入れる。そして、昆布も。上から水をそっと注ぐ。この水も、やはり山から汲んできた湧水でなければならない。

調理にかかるのは、すぐではいけない。五時間。わたくしの記録ではこの五時間がベストであった。この五時間、胡坐《あぐら》をかき、白い壁をぼんやりと見つめながら、脳内でイメージを固める。壁の上に、まさにできあがりの図がありありと見え、香りをかぐ境地にいなければならない。

五時間きっかりに腰を上げ、さきほどの空き瓶の中身を、鍋に空ける。火加減は弱火の中火だ。それ以外は許されない。空気の粒が三つほど鍋肌についた時、火を極限まで弱め、息を止めて精神を統一する。それからそっと消す。そのまま十三分置く。この放置時間にこそ、出汁《だし》取りの肝《きも》がある。その後、いりこと昆布にありがとう、とねぎらいの言葉をかけて取り出す。

大根は、人差し指と親指で円を作ったより、もうすこし細いくらいの正月用のもの、椀の中で綺麗に調和するように、細くて真円のものを選ぶのが大切だ。人参もほぼ同じ径の金時人参を選ぶ。椀の中に、正確に赤と白の円を描けるかが勝負になる。妥協は許されない。

火は弱火の中火にして、鍋の中で赤と白が楽しげに揺れるのを、片時も目を離さずに見守る。人参と大根がほどよく煮えたら餅《もち》だ。角なく暮らせますようにという、丸い餅なのは言うまでもない。とろけやすいので別鍋を用意して煮る。

どうせ、あん入りの餅でしょ？　あん入りなんでしょ？　甘いんでしょ？　と、したり顔で言ってくる人間には、香川《かがわ》の人間が全員あん餅入れる思うとったら大間違いやきん！　と一喝《いっかつ》して捨てておけばよろしい。あん餅を入れるのは西の方だけだ。

それから讃岐《さぬき》の白みそをやさしく溶く。お椀の中にまず、ほどよく柔らかくなった餅を入れておく。そして先ほどの汁を上から静かに注ぐと、そこに現れるのは餅の白、金時人参の赤、大根の白が椀の中で美しく調和を描く姿。大きな餅の円、少し小さな紅白の円が織りなす魔法陣。

色を愛《め》でて香りを楽しみ、これを冷めないうちに、食す――

＊

嘘だと言ってくれ。高梨《たかなし》は呻《うめ》いた。

貴方はこの時代、誰よりも輝いていた。日本中の誰もが貴方の曲を聴き、貴方という一つの世界を、その息づかいを共有した。意識の深いところから揺さぶられるような貴方の声、そして突然の雷鳴のようにかきならされるギター。誰もがその唯一無二の世界観に酔いしれた。日本が生み出した、音楽史上最強にして最凶のアーティスト、絢爛闇鍋《けんらんやみなべ》――七草《ななくさ》ベルフェゴール三蔵《さんぞう》は時代のカリスマだった。僕は貴方と同じ時代に共に生きられたことを、神に何度感謝したかわからない。悠久の時のうねりに特別愛され、たった一人だけ選ばれた人間、それが貴方だった。神の采配によって、容貌も声も才能も、全てを完璧なまでに造りこまれたロックスター、それが貴方だった。

その貴方が……餅を喉に詰まらせて死んでいるなんて。

マネージャーの高梨は、絢爛闇鍋のボーカル、七草ベルフェゴール三蔵の死体を前に固まっていた。七草ベルフェゴール三蔵は自分で作ったらしいお雑煮をこたつで食べようとして、餅を喉に詰まらせたらしい。雑煮の残った椀が倒れていた。

高梨の目から涙が頬に伝った。貴方は漆黒の伝説であり続けなければならない。この時代の迷い子たち全ての道標だったのだ。こんな風にどてらを着て、もちを喉に詰まらせて死なせるわけにはいかない。伝説は伝説のままで終わらなければ――

高梨は腕でぐいと涙を拭《ぬぐ》うと、椀を片づけ掃除機を探した。鑑識などで調べられたら、すぐに餅を喉につまらせたことはわかるのかもしれないが、そんなことはどうでもよかった。そう、これは美学の問題なのだ。幸い、まだ死後硬直は始まっていないようだ。

どてらを脱がそうとして、七草ベルフェゴール三蔵の冷たい頬が触れ、ひっと声を漏らした。

高梨は七草ベルフェゴール三蔵の口から、固まりかけた餅をどうにか取り除き、こたつをクローゼットに片づけた。トレードマークである黒い羽根がたくさん縫いとめられた、黒づくめの衣装を着せる。玄関から大きな花瓶を持ってきて、部屋中にファンから貰った黒百合と黒薔薇をまき散らした。涙をこらえながら、愛用のギターも運んでくる。ギターを膝に置き、譜面を床に広げた。まだ何か足りないような気がして、薬箱から全種類の薬もとってきた。見た目よりもずっと健康に気を使っていたらしい七草ベルフェゴール三蔵は、風邪感冒薬、ビタミンCや乳酸菌のサプリなどの薬しか持っていなかったが、それを身体の周囲にまき散らすと何とか絵になった。

貴方は、一番時代に愛された曲、「天ヨリ堕チル千億ノ羽根」を弾き語りながら黒百合と黒薔薇に囲まれ、黄泉《よみ》の世界に独り、還っていったんだ。漆黒の羽根を大きく広げて。音楽の神に愛されすぎた男にふさわしい――終幕。

しかし、これではまだ足りない。高梨は小走りに外へ出た。ドラッグってどこで売っているのだろう、と頭の中で考え続けながら。

＊

嘘。三ちゃん。なんで。

モデルのリカリンは、その光景を目にして膝から崩れ落ちた。

いつか三ちゃんは、このわたし、リカリンのところからいなくなってしまうような気がしていた。三ちゃんはいつだって、この世界のひとじゃないみたいだったから。

だからリカリンは、三ちゃんを離したくなくて、いつも強くぎゅっとしたのだけれども、それでも三ちゃんは笑って、どこへも行かないよ、って言ってリカリンの睫《まつげ》にそっとキスしてくれたんだけど、でも。

床に落ちていた譜面を見て、リカリンの目から涙がすっと引いた。

そうだったの。そういうこと。

それは七草ベルフェゴール三蔵が日本中に名を知られるきっかけとなった曲だった。

愛していた昔の彼女を、心の中で追い求める曲だ。恋をしたことが一度だってある人間は、みんなその曲に心の奥を揺さぶられた。変わらないものはない、でも。その中で手と手をつなぐはかなさと美しさを教えてくれたのが、あの曲だった。

三ちゃんの中で、結局リカリンは、一度も一番になれなかった。いつだってそうだ。あのヒット曲も、紅白に出たときのあの曲も、リカリンに捧げられたものではなかった。いつも、ここにはいない、リカリンの知らない誰かのための。

ねえ三ちゃん。

リカリンは譜面を手にしたが、それを両手で丸めてしまった。

ごめんね、三ちゃん。あなたの人生最後の曲が、他の女に捧げられたものだと皆に知られてしまったら、リカリン、もう生きてはいけないの。体は一緒にいたのに、心はぜんぜん違っていたのねって、みんなに嘲《わら》われるなんて絶対にいやなの。

リカリンは七草ベルフェゴール三蔵の体からギターを外した。ふたりでサングラスとマスクで変装して、お忍びで田舎《いなか》の名もない温泉に行き、ろくろを回したことを思い出す。七草ベルフェゴール三蔵の膝に、思い出の、狸の絵のついた手作りの茶碗を乗せた。スマホを操作し、七草ベルフェゴール三蔵がプロデュースして、リカリンが歌った曲「天空の因数分解《オルゴオル》」をエンドレスで流すと、七草ベルフェゴール三蔵の頭にヘッドホンをつけた。

愛してるわ、三ちゃん。永遠に。

そうしてリカリンは、静かに扉を閉めた。

＊

えっ、嘘、嘘。ちょっと待ってやー、ってなんで死んでんの兄ちゃん、これ待ってよほんと、ほんま困る、今日、金借りないとマジやばいのに嘘やん。

七草ベルフェゴール三蔵の弟、山田義男《やまだよしお》は部屋の中をぐるぐると歩き回っていた。

遺産。

ぴかりと目の前が明るくなった。俺らは家族二人だけだから、和男《かずお》兄ちゃんの財産は俺んとこにくるだろ、当然、で、保険も入ってたから。ええと。

俺、もう一生働かなくてもいいのかもしれない。

やったー、とジャンプしそうになって膝を屈《かが》めたところでふと気がついた。自殺の場合って保険金って出たんだっけ、ということに。

いったん自分のものになったと思った金が、一円でも減るのは勘弁だった。

適当にお経を唱えてエア木魚を打ち片手を顔の前で立てると、義男は七草ベルフェゴール三蔵の頭からヘッドホンを外し、とりあえず膝に乗っていた茶碗もスマホも片づけ、散らばっていた薬も花も全部ちりとりで集めてゴミ袋に入れた。

これからどうしようか、たとえば強盗に入って死んだ、みたいな。と思って、そういう偽装をしてもすぐにばれそうだと、この前見たテレビ番組「警察二十四時」を思い出した。何かないか、と見回した義男は目を見開いた。

これだ。

*

高梨がやっとドラッグを手にし部屋に戻ってくると、部屋の中の異変に気がついた。あったはずの黒百合も何もない。

七草ベルフェゴール三蔵はまた、雑煮の椀を前に冷たくなっていた。

海天《あまて》警部の憂鬱

吉川英梨

初出『5分で読める！　ひと駅ストーリー　乗車編』（宝島社文庫）

私がその死体を発見したのは、豪華寝台特急・トワイライトエクスプレスが本州最後の駅を出て、一路札幌《さっぽろ》に向け暗い日本海の海沿いを走る深夜のことだった。

この寝台車に乗ることは、二十年越しの夢だった。刑事という仕事柄、なかなか趣味の鉄道撮影に出かけられないうえ、結婚してからはさらにその機会から遠のいた。三人の娘が産まれてからは、またさらにその機会に恵まれず、家族旅行でちょっと鉄道にカメラのレンズを向けようものなら、「パパ、撮り鉄？　キモーイ」と娘たちに白い目で見られ……。

長いあいだ鉄分不足に苦悩していた私だが、たまには幸運の女神《めがみ》も微笑んでくれるものだ。小学校六年生の三女が、商店街の福引で〝豪華ハワイの旅・四名様分〟を当てたとき、とっさに浮かんだ言葉は〝二十年ぶりの私だけの自由時間〟だった。

私は妻と娘たちに「一緒に行きたいが、いま大きな事件を追っていて無理だ。残念だがお前たちだけで楽しんでこい」と、家族の犠牲を演じてみせたのだった。心のなかでは、「女たちがハワイで不在のあいだ、絶対にトワイライトエクスプレスに乗ってやる」と誓い――。

その日から、非番の日や夜勤の昼間にわざわざ関西まで行ってJR西日本のみどりの窓口に並び、それでダメなら旅行代理店をはしごし……そしてようやく、この豪華寝台特急の旅を手に入れたのだ。

——それなのに、こんなところで、一生に一度なるかならないかの、〝死体の第一発見者〟に自分がなってしまうとは。

事件は、トワイライトエクスプレスが大阪駅を出発して、琵琶湖《びわこ》の横を走り、日本海を左に見ながら北陸を抜け、本州最後の停車駅である新津《にいつ》駅を出発した四時間後に起こった。

私はすでに豪華食堂車・ダイナープレヤデスでの高級フレンチを堪能《たんのう》したあとで、サロンカーで月夜に照らされた日本海を優雅な気分で眺めていた。時刻は午前零時過ぎ。

タバコが切れたので、個室に予備を取りに戻ることにした。サロンカーと三号車の食堂車を抜け、二号車のいちばん端にあるロイヤルの個室に入ろうとして、私は「ひえ！」と悲鳴を上げてしまった。

私の個室の目の前で、見知らぬ男が胸にナイフを突き立てられ、死んでいたのだ。

慌てて二号車を飛び出して、食堂車のクルーに事件の一報を伝えると、遺体発見現場となった私の個室の前は、深夜だというのにあっという間に黒い人だかりができた。

狭い列車内の廊下にもかかわらず、混沌《こんとん》とした状況だ。

渡瀬《わたせ》と名乗ったベテランの車掌が鉄道警察に捜査要請《ようせい》に行くと、もう一人の高橋《たかはし》という恰幅《かっぷく》のよい車掌は、遺体の第一発見者である私に詳しい状況説明を求めた。

そのあいだ、まるで時代劇俳優みたいな目力《めぢから》で私を見る高橋車掌の目つきに、嫌な雰囲気を感じた。

私が一人旅の男性であること、一人なのに高価なロイヤルの個室を取っていたこと、そして第一発見者であることから、どうやら彼は私を犯人と疑っているようなのだ。

ここで警察手帳を出して、自分は警視庁捜査一課一係の係長である海天伍郎《あまてごろう》警部だと名乗ってもよかったのだが――。

後方で騒ぐ、どうやらミステリー好きらしい中年女性たちの声がそれを邪魔させた。

「刑事とか探偵はおらんの？　豪華寝台特急で殺人事件言うたら、名探偵ポロの登場や！」

「ポロってあんた、シャツかいな。しかもここは日本やで。日本の名探偵言うたら、やっぱり金田一耕作《きんだいちこうさく》や」

「耕助《こうすけ》や耕助。耕作ってなんや、農家かよ！　しかもあんたら古いで。トラベルミステリー言うたら、十津《とつ》……山《やま》？　警部やったっけ。いや、十津《とつ》……谷《たに》？」

大阪のオバチャンたちのいい加減なミステリー談義にほかの野次馬の乗客たちは苦笑していたが、一緒になってこの殺人事件を捜査する警察官の登場を待ちわびている様子であった。いまここで私が警察手帳を出そうものなら、私は捜査を余儀《よぎ》なくされるであろう。そしておそらく彼らは、二時間ミステリーのセオリーどおり、この列車が札幌に到着するころに、私が食堂車に容疑者たちを集め、謎解きを始めることを期待するのだ。

せっかくの鉄道の旅を仕事に費やすなんて、嫌だ、絶対に嫌だ……！

ふと、視線を感じた。渡瀬車掌が戻ってきていて、高橋車掌と二人で遺体を前にヒソヒソやりながら、私をちらちらと見ている。まずい。私のこの、身分を隠そうとしている雰囲気が、彼らに伝わってしまっているようだ。

「ちょっとお客さん、あちらで話を聞かせてほしいんですけど、いいでしょうか」

渡瀬車掌が私を食堂車のほうへ行くよう、促《うなが》した。

「な、なぜ私が……。それに、列車を停めなくていいんですか。殺人事件が起こったというのに」

「じつは現在列車は山形を出て秋田に入ったところで、両県警に捜査要請をしたのですが、山形県警は連続放火事件が起こったとかで多忙のようで、一方の秋田県警のほうも未明に一家惨殺事件が起きたとかでこちらも手が足りず、双方でこの事件を押し付け合ってるんですよ」

「……へ、へえ。東北はずいぶん治安が悪くなったんですね」

「あと数時間で北海道に入りますんで、道警に捜査をお願いしたんですが、道警は道警で、札幌で連続通り魔事件が起きたとかで、捜査に赴《おもむ》く暇がないと言うんです。できればその、死体を現場ごとそのまま札幌に運んできてほしい、ということになってしまいまして」

　殺人事件の発生で、最高の一人旅が中断されるであろうと予想していた私は、心のなかでほんの少し「ラッキー」とつぶやいた。途端に、渡瀬車掌からにらまれた。

「あなたちょっといま、うれしそうな顔しませんでした？」

「え？　何を言うんですか。人が自分の個室の前で死んでいて、このまま遺体をどこかへやることもせずに走り続けるなんて、全然うれしくないですよ」

「お宅、どちらの方です？　標準語だから関東の方ですか」

「――東京です」

「お仕事、何されてるんです」

「――これは取り調べですか。車掌のあなたにそんな権利が？」

「言えないような職業なんですか？　いえね、道警の刑事から、列車が札幌に着くまでのあいだ、容疑者を絞れるようなら逃げられないように隔離《かくり》しておけと言われたもんで……」

　渡瀬と高橋車掌の二人が、じりじりと私に詰め寄ってくる。

「冗談じゃない、車掌が捜査をするなど越権行為も甚《はなは》だしい！　鉄道警察はどうしたんだ。彼らを呼ばずして、なんの証拠もなしに私を犯人扱いとは。下車したら訴えてやるぞ！」

強気に出ると、車掌二人はいったん引き下がった。私はさらに要求を言った。

「とにかく、扉の向こうに死体が転がっているような部屋で休むことなどできない。ほかに空いている部屋はないのかね。Bコンパートメントでも構わない。空いているベッドを探してくれ」


渡瀬車掌が私を案内したのは、この列車の最上級クラスである一号車一番のスイートルームだった。発車直前にキャンセルとなり、空室はここだけなのだという。

「追加料金は結構ですよ。ことがことですからね。では、札幌までよき旅を」

私が返事をしないうちに、渡瀬車掌は勝手に扉を閉めた。

列車内で人一人殺されたというのに、私はロココ調の豪華すぎるスイートルームを前に、「うぉっほい！」と小躍りしてしまった。

ここは展望室付きで、列車を牽引《けんいん》する機関車両側はすべてガラス張りになっており、流れる雄大な景色を満喫できるのだ。いまは深夜で、窓の外は暗い闇が広がるばかりだが、これが明け方になって北海道に到着するころには、一面、神秘あふれる銀世界のはずだ。

ああ。殺された乗客には申し訳ないが、幸せだ……！

私はスイートルーム専用の高級感漂うバスローブに着替え、ガウンを羽織った。旅行鞄《かばん》から缶ビールを出し、タバコに火をつける。こんなことなら、事前にブランデーでも注文しておいて、葉巻なども購入しておけばよかった。

壁に取り付けられているスピーカーのボリュームを上げる。ベートーベンの交響曲第九番の第四楽章が、ちょうど始まったところだった。年末年始に垂れ流しされる、あの有名なフレーズが、心地よく体を突き抜けていく。

私は指揮者なぞになったつもりで、タバコを指に挟んだ手を、曲に合わせて振ってみた。知りもしないドイツ語でそのフレーズを適当に口ずさんでいい気分になっていると、奇妙な焦げ臭いにおいが鼻を突き、はっと目を開けた。指のあいだに挟んだタバコの先がテーブルの端に触れたのか、火のついた部分が落ちて、豪華な絨毯《じゅうたん》を小さく焼いていた。

「ま、まずい……！」

私は慌てて、スリッパの裏側で小さな火を消した。灰を拾い取ったが、黒い跡が残ってしまっている。そこへ、扉を乱暴にたたく音がした。

「お客さん。ちょっと、いいですか？」

高橋車掌の声だった。まずい。スイートルームの絨毯を汚したことがばれたら、いくら損害賠償を要求されるかわからない。私は慌ててタバコの焦げたあとを隠そうと、傍《かたわ》らのベッドをうーんと手前に引っ張った。そして扉の向こうでせかす声に、

「えーっと、ちょっと待ってくれよ、寝ていたんだ……」

と、寝ぼけた声で答えた。ようやくタバコの焦げを隠し終えたが、今度は室内の焦げ臭いにおいが気になった。どこか開けることができる窓はないかと窓枠を探ったが、どうやらすべてはめ殺しになっているようだった。

天井近くの上窓は開くかと、椅子によじ登って窓枠を確認していると、扉をガチャガチャやる音が聞こえた。「合鍵出せ、早く！」という声がしたと思ったら、あっという間に扉は開けられてしまった。車掌の高橋が私の姿を見て、叫ぶ。

「おい、逃亡する気だぞ、捕まえろ！」

部屋に飛び込んできた車掌は、私が移動させたベッドの足に足をつまずかせた。それを見た渡瀬車掌が「こんなもので通せんぼしようったって、逃げられんぞ！」と、私を確保しようとした。ここまで来たら、もう観念して正直に言うしかない。

「わかった、わかったから、抵抗はしない。隠し事もしない。私は、こういうものだ」

と私はガウンの懐《ふところ》に手を入れて、警察手帳を出そうとした。

「拳銃出す気だな！　そうはさせんぞ！」

屈強な高橋車掌が飛びかかってきて、強烈なパンチを食らった。

「うぐっ、何をするんだっ、私は警察だ！　警視庁捜査一課の――」

言い終わらないうちに羽交い絞めにされ、スイートルームから引きずり出された。もめている反動で、ガウンの懐に付属のチェーン付きクリップで留めていただけの警察手帳が落ちる。それは、騒ぎを聞きつけて集まってきたミステリー好きのオバチャン連中に蹴られ、踏まれ、蹴り上げられ――やがて、一号車と二号車の連結部分の隙間に落ちて、見えなくなった。

「あ――‼」


誤認逮捕され、札幌の拘置所でひと晩過ごし、やがて身元が確認されて自由の身となり、東京に戻ったものの、警察手帳の紛失で始末書を書いた三日後……。

ハワイから、妻と娘三人が帰国した。四人の女たちは上機嫌で、意気消沈している私の首にレイをかけて大はしゃぎだった。

妻が「そう言えば、あなたの好きな寝台特急で殺人事件があったんでしょ？」とふいに尋ねてきた。知らないふりをしていると、読書好きの高校二年生の長女が言った。

「ハワイでもニュースになっていたの。二人の車掌が逮捕されたって。車内販売の売り上げ金を横領していたのを、同僚に知られて口封じに殺したとか」

最近化粧を覚え始めた中学二年生の次女が「しかも、鉄道オタクのオッサンに罪をなすりつけてたんだってねー、笑えるんだけど」と言うと、小六の三女がませた様子で「ほんと、かわいそすぎだよね、そのオッサン」と同意した。妻がふいに、私の顔を見て言った。

「あら、あなた。口元の痣《あざ》、どうしたの？」

私はハワイ土産《みやげ》のチョコレートクッキーをかじりながら、素知らぬ顔をして言った。

「ちょっと、大捕り物があってね——」

空想少女は悶絶中

おかもと（仮）

初出『5分で読める！　ひと駅ストーリー　乗車編』（宝島社文庫）

札幌《さつぽろ》市営地下鉄南北《なんぼく》線に魔が潜んでいたとは……。
と黒髪の少女は戦慄《せんりつ》せざるを得なかった。少女が学校での勉学を終え、家に帰って
カッコカーリー氏の著作「建設兄弟！」でも読み返すか、それとも最近購入した「あ
つまれ！　あれの左腕」でも読むか、どうしよう、と悩みながら電車の座席で揺られ
ていた時にそれは起きた。
一人の老婆が少女の目の前に立った。いや、屹立《きつりつ》していた。それほどの堂々たるた
たずまいで、老婆はじぃと少女を見下ろしている。少女は思わずずれた己《おの》が眼鏡を押
し上げた。

この老婆の存在が少女を惑《まど》わせた。
……これは席を譲るべきなのか……。
ごくり、という湿った音は、この重苦しさに耐えかね、少女が唾《つば》をのみ込んだ音で
あった。

地下鉄であろうとJRであろうとおよそ電車と呼ばれるものを利用するすべての者
に付きまとうこの呪いにも似た問いに少女はとりつかれた。譲るべきか、譲らぬべき
か。

譲る。そう、ただ「どうぞ」と、言って席を譲る。これがおよそ妥当な判断であろ
う。

だができぬ、できぬのだ！　この少女にはそれができぬ……！　少女がかつて心に負いし傷が少女の細い足を掴んで離さない！

少女の傷、それは二年と三か月ほど前の、ある夕刻の電車の中で刻まれたものだ……。

ある老婆が少女の前に立った。少女は一もなく二もなく「どうぞ」とその老婆に席を譲った。だが、老婆のしわがれた声と血の通わぬ冷たい両の眼は少女の心を無残にも引き裂いた。

「うぬは我《われ》が老婆であると申すか……」

少女の目は皿のごとく見開かれた。

その言葉に少女の穢《けが》れなき心は乱れに乱れたのだ……！　席を譲る、これはすなわち相手をして「このおいぼれめが」と罵《のの》しるに等しき行為でもあるのだ！　不覚……と少女は悶《もだ》えた。

もう二度とこんな間違いはすまいぞ……。

と、その夜、少女は風呂場にて誓った。もう二度とあのような過ちは……。

だが、今日、この瞬間、目の前に立つ老婆の「今日はとみにひざが痛みよる……」という狂おしいうめきが、少女を惑わせた。心に刻まれしかつての傷がじくりと湿った痛みを発す。譲ってはならぬ……譲れば……また。

……しかし膝が痛いのなら、座らせるべきかもしれぬ……実際に痛みに苦しんでいるのだ、であれば失礼にあたるまい。

少女の良心が耳元で妖しく囁《ささや》く。譲ってしまえ……楽になれるぞ……と。

心臓は早鐘を打ち、耐えがたい息苦しさに少女は顔をゆがませる。

譲ろう……もはや譲るよりほかに道はなし。

気を抜けばその場で悶絶してしまいそうな緊張の中、少女は救いを乞うような目で老婆を見上げた。そして口を開き――。

老婆は蛇のように冷たい目で少女を見下ろしていた。少女は言葉を失った。これは違う。膝の痛みに耐える老婆の目ではない。少女の背にかつての失態が重くのしかかる……！　違うぞ、これはただの老婆ではない……。譲ってはならぬ……。この老婆はそんなことは望んではおらぬに違いない！　これは罠《わな》ぞ！

場はついに妖気を帯び、心の弱い男の乗客が一人、う、と胸を押さえて前のめりに倒れた。老婆に席を譲るか譲らぬかで悩みぬき、その緊張に耐えきれず絶命したのである。しかしそれは少女の胸中の心理描写に過ぎず、その男は単に座席で居眠りしていただけである。

……こうなっては、もはや譲る譲らぬの問題ではない。合戦である。老婆の視線は抜き身の刃《やいば》であり、その切っ先は少女ののど元にぴたと突き付けられている。少女の空想の中で、いつしか車内は広大な原野に変わり、甲冑を着込んだもののふどもがしのぎを削るいくさ場へと変貌していた。むろん少女と老婆も同様である。

怒号と悲鳴、兵《つわもの》どもが大地を踏み鳴らす音、蹄《ひづめ》が倒れ伏した兵の死体を踏み抜く、刃と刃がぶつかり合い黒鉄《くろがね》の星が閃《ひらめ》く……。そんな合戦の最中、老婆と少女は互いに無言で槍を構え、じり、じり、と間合いを探り合う。

埒《らち》があかぬ……少女は決断した。

少女は座席に座ったまま、ふとももを少しだけ上下に動かした。老婆に変化はない。少女はもう一度、ふとももを動かす。

もしも老婆が席を求めていたのなら、立ち上がる直前の筋肉の動きに似た少女のふとももの所作《しょさ》に注目したであろう。そう、これはおとりである。原野で老婆と少女が間合いを探り合う間、本隊は敵の本城付近に支城を築くがごときものである。

だが老婆は少女の動きに注意を払うどころか、離れた場所に座るある人物に目を向けていた。

少女は目を見開いた。これはいったいいかなることか。

隣町の学校の制服を着た茶色髪の少女が、勝ち誇った顔で老婆を見ている。いや、違う。その少女は未だ座席に座り、行動せずにいる黒髪の少女を見て嘲笑しているのだ……。

なぜなら茶色髪の少女はゆらりと立ち上がり、老婆へと一歩踏み出していたからだ。

こやつ……譲る気か……席を譲る気か。

「ぐ、ぐうう」

黒髪の少女はついに悶絶し、呻《うめ》く。

不覚……不覚である。後《ご》の先《せん》を取られたのだ。

もしもこれで老婆が茶色髪の少女の席に座ろうものなら、もはや言い逃れのできぬ失態である。己《おのれ》はなにもせず漫然と苦しむ老婆を見捨てたことになる。それだけは……それだけは許してはならない。それならばまだ目の前の老婆に断られる可能性を無視して、己《おの》が席を譲ったほうが傷は浅くすむ。

いわばこのいくさ場にはまだ強大な敵が潜んでいたのだ。茶色髪の少女は、己と老婆がせめぎ合う中、少し離れた場所から馬上にて弓を構えていたのだ。その弓で老婆を射止めんとしていたのだ。

少女は槍を捨て、叫んだ。そして腰の刀を抜く。だがそれは無論心理描写である！

「この卑怯者《ひきょうもの》め、この茶色髪の風天《ふうてん》娘が！」

「罵る暇があるならそちらから参れ、前髪ぱっつんの臆病者《おくびょうもの》め！」

馬が駆けだす。馬上より放たれた必殺の矢は、黒髪の少女が振り払った刃により両断される。馬上で茶色い髪の少女も刀を抜き、両者の放った斬撃《ざんげき》が中空で輝く花弁を散らす。まずは一合《いちごう》、互いに傷はない！

ところで、くどいようだが、これは心理描写である！

現実では黒髪の少女が次なる一手を思案する中、茶色髪の少女は老婆ににこやかに迫っている。老婆は茶色髪の少女に微笑みを返す。

座席に座り悶絶していた黒髪の少女はついに――ついに立ち上がった。そして震える膝をぴしゃりと叩くと――。

「ええい！　ええええい！」と雄《お》たけびを上げた。己を奮《ふる》い立たせんがためである。するともう一方の茶色髪の少女も「応！　応！」と答える。両者、一歩も譲らぬていである。老婆はその両者の間でにやりにやりと笑う。帰宅途中の背広の男と鞄を膝に置いたゆるふわ女子大生が「何事ぞ」と目をむく。

二人の少女は互いに気勢をあげながら、歩み寄り、視線を交差させる。そしてついに鼻が触れ合うほどに近づき、その眼で語った。

――我が席を譲る、汝《なんじ》は去れ。

――誰かが動かねば己も動けぬような負け犬になにができる？　押しとおる。さし出した手を引っ込めることなど我にはできぬ。

――ならぬ。ここはどかぬぞ、流れ者め。

黒髪の少女が、茶色髪の少女の道をふさぐように両手を広げる。一方茶色髪の少女はなんと――黒髪の少女の二の腕をつねった。なんたる技の冴え……と黒髪の少女は刮目《かつもく》した。

たまらず「不覚！」と黒髪の少女が叫び、崩れ落ちる。腕の皮は燃えるような痛みを放つ。黒髪の少女は車内の床に転がり、敗北の悔しさに震えた。

これはつまり、馬上より突き出された切っ先が、黒髪の少女の肩を、鎧《よろい》の合間を抜けて突き刺したようなものだ。いくさの趨勢《すうせい》はもはや決した。茶色髪の少女は黒髪の少女より一枚上手《うわて》のいくさ人であったのだ。

この大きすぎる隙に茶色髪の少女がにこやかに「どうぞ席にお座りください」と老婆に告げた。

老婆の洞穴のような虚《うつ》ろな目が、茶色髪の少女をしばし見つめる。茶色髪の少女は返答を待った。列車が地下から日の当たる地上へと抜け出した。

老婆はそこでようやく口を開き、枯れた声で言葉を発した。

「ああ、ありがとうねぇ。でもあたしはもうすぐ降りるから、お嬢ちゃんたちが座ってなさいねぇ」

「ふ、不覚！」

茶色髪の少女も断末魔の悲鳴とともにその場に崩れ落ちた。

老婆の老練な策が、いくさの流れを変えた。

互いに覇《は》を競いあっていた、と思い込んでいた少女二人は、老婆の手の上で踊らされていたのだ。この老婆、尋常ならざる策士である。あるいは人外の者か……。

やがて電車が澄川《すみかわ》駅にたどり着き、老婆は崩れ落ちた二人の少女に「気を使わせたみたいで、なんだかごめんねぇ」と言い残して、電車を降りていく。

あとには、原野に躯が二つ残るのみ。二人の少女の躯の上を、乾いた風が吹く。

だが、やがて二人の少女は立ち上がり、各々の席に戻った。

――なんたる失態。

黒髪の少女は事の顛末《てんまつ》に顔を赤らめた。しかし見やると茶色髪の少女もまた同じであった。

二人はしばし見つめ合い、どちらともなく、ふ、と笑った。

それから電車は終点真駒内《まこまない》駅へと到達する。

二人の少女は同時に立ち上がり、電車を降りる。降りると二人は別方向へと歩き出した。

二人は名すら知らぬ間柄である。

だが二人の胸中を、尊い友を得たような、さわやかな風が吹いていた。

浮いている男　堀内公太郎

初出『５分で読める！　ひと駅ストーリー　乗車編』（宝島社文庫）

窓ガラスに映る自分を見て、小椋《おぐら》はがく然とした。

浮いてる──。

反射的に手が動きそうになるが、必死で押しとどめる。そんなことをしたら、余計に目立ってしまうだけだ。

頭を汗が流れていく。こめかみを伝って、顎の先端でとどまった。さりげなく手の甲でふき取ろうとする。

その瞬間、左隣の乗客がビクッとした。小椋のほうが驚いて動きを止めてしまう。正面に座っていた女性はこちらを見上げていた。目が合うと、あわてて視線をそらす。

全身の毛穴がドッと開く。車内の暖房も手伝って、さらに汗が噴き出してきた。ワイシャツの脇がじっとりとぬれてくる。

気づかれてる──？

「ねえ──」という子どもの声にハッと振り返った。

小学校低学年と思われる男の子だった。ランドセルを背負っている。母親らしき女性を見上げると、小椋を指差して「あの人──」と言いかけた。

母親が「やめなさい！」とあわてたように遮《さえぎ》る。小椋と目が合うと、引きつった愛想笑いを浮かべた。「すいません」と会釈をすると、こちらに背を向けてしまう。

やはり、そうなのか──。

見間違えであってくれと祈りながら、もう一度、窓ガラスに映る自分に目をやった。

やっぱり――。

わずかではあるが、間違いなかった。急に、周囲からジロジロと見られている気分になる。頬が熱くなった。

駆け込み乗車したことを、今さらながら後悔する。

いつもは時間に余裕を持つようにしていた。あわてて走ったりすることは避けたいからだ。そのため、会社に行くときも、早めに家を出るように心がけていた。

しかし、今朝はつい寝過ごしてしまった。録《と》りためたアニメを遅くまで観《み》ていたせいだ。飛び起きたときには、すでに普段、家を出る時間の五分前だった。

一瞬、休むことも考えた。しかし、当日欠勤は診断書が必要とされる。たとえ診断書を提出しても、明日、課長から小言《こごと》を言われるのは確実だった。仕方なく急いで準備をすると、いつもより十五分遅れで家を飛び出した。

大急ぎで乗り換えをすれば、ギリギリ間に合いそうだった。乗換駅に到着するやいなや、小椋は猛然とダッシュした。

日頃の運動不足から階段の途中でフラフラになったが、かろうじて発車直前に飛び乗ることができた。最後は、閉まりかけたドアを無理やり手でこじ開けて乗り込んだ。

駆け込み乗車をしたせいだろう。周囲の視線が冷たかった。それを避けるように奥へ行くと、空いている吊り革につかまってホッと一息ついた。そして、顔を上げた瞬間、がく然としたのだ。

窓ガラスに、「浮いている男」が映っていたからだ。

全力で走ったせいかもしれない。もしくは、急いで出かけたせいだろうか。いずれにしろ、浮いていることに間違いはなかった。

そのとき、左斜め前を見やってギクリとした。思わず声を上げそうになる。

（森田《もりた》――）

隣の部署の森田亜希子《あきこ》が座って文庫本を読んでいた。小椋より五つ先の駅に住んでいたことを思い出す。これまで朝の通勤時に会ったことは一度もない。こんな日にかぎってと奥歯を噛みしめる。

亜希子はそれほど美人なわけではない。しかし、明るく気が利くので職場では人気があった。特に、部長以上のウケは抜群だ。

年齢は小椋より二つ年下の三十一歳。短大卒なので小椋とは同期になる。ただし、同期会でもほとんどしゃべったことはなかった。

それが昨年末、亜希子が隣の部署に異動してきてから、言葉を交わすようになった。以降、亜希子を意識するようになっている。

幸いなことに、亜希子はまだ小椋に気づいていなかった。本に夢中になっているらしい。顔を隠そうと、少し右へと体を寄せた。

「キャ！」

右隣の女性が声を上げる。腕が軽く触れただけにしては、大げさだった。しかも、小椋を睨《にら》みつけてくる。

三十前後だろうか。アイメイクがやたらと濃い。その視線が少しだけ上を向いた。口が、あ、という形に開く。

バレた——。

「す、すいません」

小椋はあわてて謝ると顔を背けた。

背けた先で、亜希子と目が合ってしまう。何秒間か無言で見つめ合った。亜希子が口を開きかけたので、急いで顔を伏せる。

車内がざわつき始めた。「何？」「チカン？」というささやきが聞こえてくる。女性が声を上げたせいだろう。

さらに全身が熱くなった。こめかみから流れる汗が止まらない。

本当は「違う」と否定したかった。しかし、そんなことをすれば、ますます注目を集めてしまうだけだ。

目をギュッとつぶる。吊り革を握りしめた。

降りよう――。

もうすぐ次の駅に到着する。この電車をやり過ごすと遅刻だが、もはやそんなことはどうでもよかった。それより、一刻も早くこの場から逃げ出したかった。今すぐトイレに駆け込んでしまいたい。

「次は、××、××、お降りの方は――」

車内アナウンスがかかる。あと少しだ。これでこの地獄から解放される。

電車が減速を始める。ドアのほうへ行きたい気持ちをグッと我慢した。ドアが開いたら、すぐに駆け出すつもりでいた。

電車が駅に到着する。そろそろだと身がまえた瞬間、不意に腕をつかまれた。

「な――」と目を開ける。

亜希子が立ち上がっていた。小椋の腕に手をかけている。予想しなかった展開に、ぼう然としてしまった。

「降りましょ」

亜希子が小椋をドアのほうへ引っ張っていく。

「すいません、降ります」と乗客たちに声をかけた。

周囲の乗客が小椋に注目する。顔をしかめる者、ニヤニヤ笑いを浮かべる者、さまざまな反応を示しながら小椋を見つめている。

「やっぱチカンだったの？」

「そうみたい」

「サイテー」

カッと頭に血が上った。

「僕はチカンじゃない！」

ドアの近くまで来てから、振り返って怒鳴った。

車内がシンと静まり返る。全員が小椋を見ていた。乗車しようとしていたホームの客も、何ごとかと足を止めてうかがっている。

視線がすべて、自分に向けられている気がした。額がチリチリと焼けるような錯覚を覚える。

「大丈夫」

耳元でささやく声が聞こえた。振り返ると、亜希子が同情するような目で小椋を見つめていた。

「みんな、分かってるから」

え、と絶句する。

「よくあることだもん」

亜希子は気の毒そうな苦笑いを浮かべた。

一瞬、頭の中が真っ白になる。

よくあるって――。

「よくある」ということは、これまでにもあったということか。今のように「浮いている」状態が、これまでも――。

「降りよ」亜希子が手を引っ張ってくる。

小椋は反射的に振り払った。亜希子が戸惑った表情を浮かべる。

「どうしたの？」

「き、君は――」

恥ずかしかった。恥ずかしくて、仕方がなかった。

知っているのなら、言ってくれればよかったのだ。隠せているつもりでいたことが、さらに恥ずかしさに拍車をかける。

発車を知らせるベルが鳴り響いた。

とにかく、今は早くこの場を立ち去りたかった。小椋はホームへと飛び出した。

しかし、飛び出した瞬間、足がもつれてしまう。

まずいと思ったときには、体が宙に浮いていた。次の瞬間、ホームに頭から突っ込んでしまう。

頭上がフッと軽くなった。一呼吸遅れて、パサリという音が聞こえる。顔を上げると、前方に小椋自慢の「サラサラヘアー」が落ちていた。

「ウソ？」

振り返ると、亜希子が目を見開いて、こちらを見つめていた。

ふとその横を見やって、小椋は「あ……」と声をもらした。

『女性専用車』

電車の窓に、そう書かれたピンクのシールが貼られている。

ベルが鳴りやんで、ドアが音を立てて閉まった。

――いい、いい、いい、よくあることだもん。

亜希子の言葉が脳裏によみがえる。

よくあることって、まさか――。

電車がゆっくりと動き始める。

車内では、亜希子がポカンと口を開けてこちらを見つめていた。亜希子の背後にいるのは、全員が女性だった。誰もがあっ気にとられた表情をしている。先ほどの小学生だけが、小椋を指差してゲラゲラ笑っていた。

背中をトントンと叩かれる。振り向くと、若い男の駅員が立っていた。真剣な表情だったが、口元がヒクヒクしている。

「落とし物ですよ」

差し出された「サラサラヘアー」を受け取った。人工毛のフルオーダーメイド、それが申し訳なさそうに手の中に丸く収まる。

走り去る電車の起こした風が、ふわりと頭頂部をなでていった。

（さむっ！）

小椋は思わず身震いした。

専用車両　遠藤浅蜊

初出『５分で読める！　ひと駅ストーリー　乗車編』（宝島社文庫）

市の中心部からは、様々な路線が蜘蛛《くも》の巣状に広がっている。蜘蛛の巣の端《はし》にかかる小さな住宅街に、僕の家はあった。中心部寄りの中学校まで、最寄の駅から一駅だ。乗り換えはない。

丁寧《ていねい》に眉毛を抜き、髪を櫛《くし》で撫でつけ、軽くコロンを吹きかける。Yシャツの下は有名ブランドのカラーTシャツで、胸に一輪の大きな薔薇《ばら》があしらってある。校則の範囲内できめるのも楽しいもんだ。鏡を見る。うん、今日もカッコいい。

父母の「いってらっしゃい」という声に送り出され、家を出た。駅までは歩いて五分弱だ。路傍《ろぼう》には伸びた雑草が茂っている。夏の気配を感じる。駅で待つ学生達の制服にも、移行期間特有のまとまりの無さがあった。

僕はホームの下手《しもて》についた。警笛が鳴り、踏切の遮断機が降りる。足元に感じる振動が少しずつ大きくなっていき、電車が到着した。自動ドアが開き僕は電車の中に入る。

違和感があった。視界内にはいつものように人がたくさんいた。でもその人達は、いつも見る人達じゃなかった。僕と同じ制服の女の子、僕とは違う制服の女の子、OLっぽい感じのお姉さん、赤ちゃんを背負った若いお母さん……全員女性だった。

ぎょっとした。慌てて振り返る。電車の窓に貼り付けられたステッカーには「女性専用車両」のロゴが描かれていた。

痴漢対策、痴漢冤罪対策等の名目でそういった車両が設けられていることは知っていた。でもそういうのは都会に限ったことじゃなかったのか。こんな片田舎《かたいなか》で女性専用車両だなんて誰得なんだ。

ホームルームが長引く原因の九割は女子だ。風の強い日にスカートひらひらさせたり、夏の暑い日に下着を透けさせたりして僕の心を乱すのも女子だ。今日、僕の居場所を奪ったのも女子だ。世の中の悪いことはだいたい女子のせいだ。

女子全般への怒りを胸に、僕は車内を見回した。上は野菜籠を背負った行商のおばちゃんから、下はランドセルの小学生まで、車内にいる女性の視線が一斉に僕へと注がれる。

河豚《ふぐ》のように膨らんでいた怒りが萎《しぼ》んでいく。咎《とが》められているような視線が痛い。僕の方をちらちらと見ながらヒソヒソ話をしている。悪口を言われている気しかしない。猛烈な圧力を全身に受けている。

なんでそんな目で僕を見るんだ。やめてください、やめてください、あなた達が思っているより僕はいいやつなんです。

うっかり誰かにぶつかれば、それだけで痴漢扱いされかねない。当たったり触ったりしないよう細心の注意を払って女の人達をかいくぐり、どうにか隣の車両に駆け込んだ。が、そこでも僕は女性専用車両と同様の視線に出迎えられた。

杖をついたお爺さん。キャリーバッグを提《さ》げたお婆さん。顎鬚《あごひげ》を伸ばしたお爺さん。和装のお婆さん。お爺さん、お婆さん、お婆さん、お婆さん、お爺さん、お婆さん、お爺さん。座席に腰掛けズラッと並んだお年寄り。車内の匂いもどことなく抹香臭《まっこうくさ》い。まるで病院の待合室だ。

窓には女性専用車両と同じくステッカーが貼られていた。そこには「高齢者専用車両」とあった。

マジか。いやマジだな。そんなものもあるんだな。お爺さんお婆さんは、先ほどの女性がそうしていたように、僕にチラチラと目を向けながらヒソヒソ話している。きっと最近の若者は〜とか話しているんだ。僕はそんなステロタイプの若者だと思われたくない。年季の差か、女性専用車両よりもネチネチとした疎外感《そがいかん》を感じる。姑《しゅうとめ》にいびられる嫁ってきっとこんな感じだ。僕はあわてて隣の車両に移動した。

次の車両は「外国人専用車両」だった。

巨大なラジカセを肩に担いだ黒人、頭にターバン巻いてカレーがっついてるたぶんインド人、チャイナドレスで太極拳やっているお姉さんはきっと中国人で、カウボーイハットで投げ縄回してるおじさんはきっとアメリカ人だ。

「ベタな外国人だな」

思わず口をついて出てしまった。すぐに後悔する。ベタな外国人達はベタという言葉に鋭く反応して僕に詰め寄ってきた。何を言っているかわからないけど、どう見ても怒っている。さっきまでの日本人的な湿っぽい村八分に比べ、明るく、わかりやすく、そして直接的だった。

　頭頂部の高さが網棚と変わらない外国人男性から胸倉でも捕まれようものなら絶対に逃げられない。「ソーリー」と「アイキャントスピークイングリッシュ」を繰り返し、頭を下げ手刀《しゅとう》を切って人ごみを駆け抜けた。

　肩で息をしながら入った隣の車両には、スーツ姿のサラリーマンや男女問わず学生がいて、ようやく僕の居場所が見つかった……かと思えばさにあらず、ステッカーには「異星人専用車両」とあった。

　……えっ？　異星人？　見間違いではない。何度見ても「異星人専用車両」とある。何それ。どういうこと？

　ここにいるのが全員異星人だというのか。いや違うだろう。どう見ても地球の人間にしか見えないし、僕がいたって別に問題はない……はずだ。

　恐る恐る席についた僕は、中折れ帽を目深《まぶか》に被った黒スーツの中年紳士に肩を叩かれた。

「なあ。君、地球人だろう」

「えっ」

「地球人だろう」

「あ、はい」

赤黒く底光りする目がぎらぎらと僕には眩暈《めまい》がどうしてその太陽がオレンジ色に僕は匂いがまるでそんなわけあここには何もボールペンにｌｋｊｔんｓｄｍｆｇ――

ええっと？　何があったんだっけ？　思い出せないけど車両移動しなきゃならなかったような気がする。確かそんな感じだったよな。そうだよ、移らなきゃいけなかったんだよ。僕の居るべき場所を求めて新たな新天地を目指さなきゃいけないんだ。そんな場所が本当にあるなら、だけど……あるんだよね？　もう僕はこれ以上彷徨《さまよ》いたくない。

次の車両は「幽霊専用車両」……幽霊？　いや、いないでしょ。幽霊なんて。そっと中を覗き込んでみると、車内には誰もいなかった。そりゃね。幽霊なんて非科学的な存在、僕は認めない。いない者のために専用車両作ってどうするんだろう。

しかしあれだよ。誰もいないということは、僕を咎める人もいないということだ。僕は幽霊じゃないけど、咎める人がいないのであれば幽霊専用車両に座っていても文句を言われることはない。真ん中の座席にどすんと腰を下ろした。ああ、誰に気を使うこともなく座る、この一事がどれだけありがたいだろう。幸せだ。

「そもそも幽霊なんているわけないだろ」

僕はほっとしてつぶやいた。

窓の外では太陽に照らされた初夏の風景が猛烈な勢いでスライドしていく。学生でごった返すコンビニ、オープン前の市民プール、通学路を走る小学生、といったところで風景がぼんやりと薄らいだ。窓が曇っている。おかしいな。冷房を効かせているわけでもないから結露《けつろ》はないし、陽《ひ》は燦々《さんさん》と降り注いでいた。

窓の曇りは一面を覆い、じわっ……と模様が浮かび上がった。文字のようにも見える。ええと……「殺してやる」？

僕は叫んだ。喉が壊れそうになるほど叫び、走った。背中に突き刺さるような視線を感じる。尖っているだけでなく、凍りつきそうに冷たい。全力疾走しているつもりなのに足が上手《うま》く動いてくれない。泥濘《ぬかるみ》の中で必死にもがいている感じだ。誰もいないように見える車内で、汗みずくになって走った。

くそう。くそう。どういうことだ。夢か。夢に違いない。でも、この現実感は異様だった。もしかして異世界にでも迷い込んでしまったのか。

車両と車両の間にある貫通路の中で喉の奥からこみ上げてくるものがあり、口を押さえた。ダメだ、こんなところで朝ごはんを戻していても解決しない。動かなければ、動かなければ……ええと……とにかく……ああ、意識が薄らいでいく。とにかく次の車両に……次は……。

次の車両には、十人ほどの乗客がいた。皆、ごく当たり前の学生、ごく当たり前の勤め人に見える。スポーツ新聞に目を通すサラリーマン、単語帳を捲《めく》る高校生、お喋りに興じる中学生の女の子二人。

前歯の突き出たサラリーマン風の男が、僕に目を向け、にっこりと笑いかけた。

「ようこそ。この車両は君を歓迎するよ」

深々と息を吐《は》いた。ため息ではない。心の底からの安堵《あんど》の吐息だ。僕は……僕は、ここにいてもいいんだ。くずおれようとする両脚をなだめすかして近くの座席に倒れ込んだ。僕はここに居てもいいんだ。言葉で教えられたんじゃない。車両内の誰もが、僕を受け容れてくれていることを感じる。

いじめられ、虐《しいた》げられ、陰口を叩かれ、後ろ指を指され、それでも足を止めなかった。そんな僕に神様が約束してくれた場所だ。視界が歪《ゆが》む。後から後から涙が出てきて止まらない。僕は掌で涙を拭《ぬぐ》い、ステッカーに目をやった。

ステッカーには「ブサイク専用車両」と表示されていた。

オサキ宿場町へ　高橋由太

初出『5分で読める！　ひと駅ストーリー　乗車編』（宝島社文庫）

その日、献残屋《けんざんや》の手代である周吉《しゅうきち》は、番頭の弥五郎《やごろう》とともに千住宿《せんじゅしゅく》にやって来ていた。旅人で賑わう宿場町である。残念ながら、周吉は旅に行くわけでも、千住まで遊びに来たわけでもない。歴《れき》とした仕事である。

周吉の奉公する献残屋の鵙屋《もずや》は本所深川《ほんじょふかがわ》の外れにあるということもあって、商売そのものは古道具屋と変わりがない。

安く仕入れて高く売り捌《さば》くのが商売だが、古道具屋も仕入れには気を使う。扱っている品が古道具だけに、足を棒にして売れそうな古道具をさがし回るのも、奉公人の大切な仕事の一つである。この日のように、宿場町まで足を伸ばすことも珍しくなかった。

——仕事ばっかりしているなんて、野暮な周吉だねえ。ケケケッ。

懐《ふところ》からおかしな声が聞こえた。

面妖なことに、二十歳そこそこの手代の懐から、握り拳ほどの白狐がちょこんと顔を出している。

もちろん、ただの白狐ではない。

人語を操るオサキという妖狐で、周吉に取り憑《つ》いている。今のところ、周吉以外の人は、その姿を見ることもできなければ言葉を聞くこともできない。狐狸《こり》川獺《かわうそ》と人を化かす輩《やから》は多いが、懐に棲み着いているのはオサキくらいのものであろう。

オサキは周吉に言う。

——おいら、お腹が空いたねえ。

腹が減っているのは魔物ばかりではなかった。そろそろ夕暮れ時分だというのに、周吉は朝から、ろくに食っていない。

ぐるるぐるるとうるさい腹の虫を宥《なだ》めながら、周吉はオサキに言葉を返す。

（もう少し、待っておくれよ）

オサキは膨れっ面《つら》になる。

——もうずっと待っているねえ。

オサキの言うことは嘘ではない。朝から、もう少し待っておくれを何度も繰り返している。

しかし、飯を食っている場合ではないのだから仕方がない。

（あたしだって、お腹が空いたよ）

肩をすくめる周吉の隣で、一軒の寂《さび》れた茶屋の店先を見ながら、弥五郎が自信たっぷりの口振りで言った。

「やっぱり、化け猫の皿だぜ」

「へ」

周吉は聞き返す。

「間違いねえ。あれは化け猫の皿だ。五十両はするぜ」

弥五郎は周吉に囁きかける。〝化け猫の皿〟とはおかしな名だが、聞けば平安のころから伝わる由緒正しい皿であるという。

――へえ。高い皿なんだねえ。五十両もあれば、お団子がたくさん買えるねえ。

オサキが感心しているが、五十両あれば団子どころか団子屋そのものを買える。

修業が足らぬのか、周吉にはただの汚い皿にしか見えない。しかし、弥五郎だけでなく、オサキまでもが太鼓判を押す。

――確かに、あれは化け猫の皿だねえ。

魔物のくせに金勘定の好きなオサキが言うのだから、価値のある皿に違いあるまい。

「それじゃあ、売ってもらいましょう」

歩きかける周吉を弥五郎は引き止める。

「待ちねえ、周吉つぁん」

弥五郎は周吉に耳打ちする。

「茶屋を見てみねえ」

さっきから見ているが、何の変哲もない寂れた茶屋である。店主らしいじいさんが、化け猫の皿とやらで飼い猫に餌をやっている。

なぜ呼び止められたのか分からず首をかしげる周吉に、弥五郎は言う。

「相変わらず鈍いな、周吉つぁん。あのじいさん、化け猫の皿の価値に気づいてねえぜ」

言われてみれば、その通りだろう。猫の餌皿にしているくらいなのだ。

弥五郎は囁き続ける。

「化け猫の皿を安く仕入れようぜ」


弥五郎は茶屋へと歩いて行くと、早速、じいさんに声をかけた。

「ちょいとごめんよ」

「いらっしゃいまし」

人のよさそうなじいさんが白髪頭を下げる。

——こんなおじいさんを騙《だま》すなんて、悪い弥五郎さんだねえ。

オサキの言葉が耳に痛いが、「これも商売」と周吉は自分に言い聞かせる。周吉にしてみても、手ぶらで鵙屋には帰りにくかった。

店先では、弥五郎がじいさん相手に下手《へた》な芝居を始めている。

「ずいぶん可愛い猫がいるじゃねえか」

「へえ、まると申します」

じいさんが言うと、挨拶のつもりか、三毛猫《みけねこ》のまるは「にゃん」と鳴いてみせる。

弥五郎は芝居を続ける。

「じいさん、あっしは本所深川でも有名な猫好きでねえ。この三毛猫を十文で譲ってくれねえか」

五十両の値打ちものを十文で買おうとは吝《しわ》い。茶を二杯も飲めば、なくなってしまう程度の小銭である。

——十文じゃあ、お団子も食べられないねえ。

オサキが呆《あき》れている。

さすがのじいさんも渋る。

「連れ合いをなくしてから、ずっと可愛がってきた猫ですからねえ」

——独りぼっちのおじいさんを騙そうなんて、罰《ばち》が当たると思うねえ。

はっきり言われては返す言葉がない。魔物よりも人の子の方が性悪《しょうわる》にできているのかもしれぬ。

オサキの言葉が聞こえるはずのない弥五郎は、引き続き、茶屋のじいさんを騙そうと躍起になっている。

「じゃあ、一両でどうでえ」

——弥五郎さんは雑だねえ。

確かに、十文から一両は上がりすぎである。誰がどう考えたって怪しい。やはり、弥五郎も周吉と同様に、他人《ひと》を騙すのに向いていないようだ。

しかし、じいさんはよほど善良なのか、それとも世間知らずなのか弥五郎を疑う素振りも見せない。

「一両でございますか。しかし、銭を積まれましても……」

心を動かされながらも、弥五郎の申し出を断っている。

「おうッ、そこまで言われたら、あっしも江戸の男だ。一度、口に出したからには、猫を買うまで帰《けえ》らねえぜ」

弥五郎はむきになっている。叩きつけるように、じいさんに言う。

「三両払うぜ。三両で猫を売ってくれ」

仕入れのために持ってきた銭のほとんど全部を使うつもりらしい。無茶と言えば無茶だが、五十両の皿が手に入るのなら安いものである。

「三、両で、まるを……」

じいさんは息を飲む。それも当たり前の話で、三両といえば、大金である。ただの三毛猫に払う銭ではない。一杯五文の茶を、こつこつ売って生計を立てている老人には喉から手が出るほどの大金に違いない。

ほんの少し考え込んだ後で、じいさんはこくりとうなずいた。

「どうぞ、お持ちになって下さい」

「おう、悪《わり》いな、じいさん」

弥五郎は三両渡すと、三毛猫を抱き上げ、押しつけるように周吉に渡した。

それから、さりげない風を装《よそお》って、じいさん相手に言葉を続ける。

「ついでに、猫の皿ももらって行くぜ。猫だって慣れた皿がいいだろうしな」

弥五郎の言葉に、じいさんが顔を曇らせる。

「猫も皿も、両方ともでございますか」

まさか拒まれると思わなかったのだろう。慌てたように弥五郎が言う。

「三両も払うんだぜ。皿くれえくれたっていいじゃねえか」

じいさんは煮え切らない。

「この皿は死んだ婆さんが買ってきたものでして……。猫もいなくなる、皿もなくなるとなりますと、ちょいと寂しいですな」

それでも三両は欲しいのだろう。じいさんは考え込んでいる。

黙り込んでしまったじいさんに弥五郎は言う。

「もう、いらねえよっと言いてえところだが、あっしも江戸っ子だ。一度、出した銭を引っ込めるわけにはいかねえ。――じいさん、ものは相談だが」

「何でございましょうか」

「三両はおめえにやる。しかし、あっしも商売人だ。空手《からて》で帰《けえ》ることはできねえ。猫はいらねえから、その皿をくれねえか。じいさんも、皿よりも猫がいた方が気が紛れるだろ」

「こんな皿を三両でいいんですかい」

じいさんの顔が明るくなった。

「大損だが、仕方あるめえ」

渋々といった風情で弥五郎が、化け猫の皿を拾い上げた。

――弥五郎さんは太っ腹だねえ。

なぜか、オサキが感心している。太っ腹も何も、五十両で売れる皿を三両で手に入れたのだ。

(おかしなことを言うオサキだねえ)

周吉は首を傾《かし》げた。


化け猫の皿を手に入れると、弥五郎はいそいそと千住宿を後にした。そして、本所深川まで戻ってくると、満面に笑みを浮かべて、弥五郎は周吉に言う。

「大儲けだぜ、周吉つぁん」

「へえ」

周吉はうなずいた。黙って見ていただけの周吉としては、他に返事のしようがない。

店に帰る前に、もう一度、化け猫の皿を確認しようとでも思ったのか、弥五郎は皿を包んである風呂敷を解《ほど》いた。

とたんに、素《す》っ頓狂《とんきょう》な声を上げる。

「おうッ」

「どうかしたんですかい」

「化け猫の皿が、ただの皿に化けやがった」

どこがどう化けたのか周吉には分からない。茶屋で見たときと同じ皿に見える。どこにでもありそうな汚い皿である。

周吉が戸惑っていると、懐のオサキが口を挟んだ。

――最初から、ただの皿だねえ。

（おまえ、嘘をついたのかい）

オサキも、化け猫の皿だと太鼓判を押したはずである。

――おいら、嘘なんてついていないねえ。

（じゃあ、どうして……）

周吉にはとんと分からない。

――まるが化け猫だねえ。

（あっ）

ようやく、周吉にもオサキの言わんとしていることが分かった。茶屋にいた三毛猫のまるが化け猫なのだ。化け猫まるの皿だから、「確かに、あれは化け猫の皿だねえ」とオサキは言ったわけである。

狐や狸に化かされて、馬の糞を牡丹餅《ぼたもち》と信じて食う話や、枯れ葉が小判に見える話は珍しくもない。弥五郎は化け猫のまるに化かされて、ろくに価値のない皿を掴まされてしまったのであった。

三文の値打ちもない皿を手にして立ち尽くす弥五郎を見て、感心したようにオサキは呟く。

――化け猫の皿だって知りながら三両で買うなんて、やっぱり、弥五郎さんは太っ腹だねえ。

全裸刑事《デカ》チャーリー　恐怖の全裸車両　七尾与史

初出『５分で読める！　ひと駅ストーリー　降車編』（宝島社文庫）

ヌーディスト法案が施行されて一年と半年が経つ。それによって世の中は全裸生活解禁となった。クールビズなど時代遅れだ。暑ければ着てこなければいい。もちろん公然わいせつ罪は撤廃されているので問題はない。

その影響もあって全国百貨店の衣料品の売り上げが激減したそうだ。特にサラリーマンのスーツやワイシャツ、ネクタイにおいてその傾向が著《いちじる》しいという。それだけ彼らの多くは堅苦しいスーツの着用を嫌っていたということでもある。真夏ならなおさらだ。法案はそんな彼らに福音《ふくいん》をもたらした。ただでさえ慌ただしい早朝において、スーツを着てネクタイを締めるという一連の作業の省略は彼らにとってもメリットが大きい。その時間を睡眠や朝食に当てることができるわけだ。

大きな痛手を被《こうむ》ったスーツ業界はヌーディストたちになんとかスーツを着させようと必死になっている。先日も透過性１００パーセントのナイロン製スーツを発売したが見事にコケたそうだ。体中が蒸れて暑いし、そもそも「裸の王様スーツ」というネーミングがよくない。全裸組にもスーツ組にもなりきれない中途半端《はんぱ》さが女性陣から不評だという。女性誌の「こんな彼氏はＮＧ特集」でも裸の王様スーツがやり玉にあげられていた。

とはいえまだまだ法案は社会になじんでいるとは言い難《にく》い。職場や学校はもちろん、一般家庭においてすら混乱が生じている。それは警察においても例外ではない。

「七尾《ななお》。この期《ご》に及んでお前はまだそんなものを着てるのか？」

僕の隣を歩いているチャーリーが股間を屹立《きつりつ》させながら言った。断っておくが僕は彼の股間を直《じか》に見ているわけじゃない。強い日射しで路面に描き出される濃い影が僕に見たくもないものを示してくれる。シルエットは彼の引き締まった逞《たくま》しい肉体をくっきりと象《かたど》っていた。

「ええ。スーツは僕のポリシーです。僕は原始人じゃありませんからね」

僕はネクタイを緩めながら答えた。八月も下旬とはいえ厳しい残暑が続いている。

「ふん。服なんてものは虚飾だ。そんなもので飾り立てないと人前に出られないなんて情けないと思わないのか。そんなんだからお前は物事の本質を見失うんだ」

チャーリーは鋭利な視線を僕に向けた。ついでに股間も。僕はさっと顔を背ける。しかし彼は僕の視界に股間が収まるように細かく位置を調整してくるからタチが悪い。仕事に集中できないのも忌々《いまいま》しいチャーリーの股間のせいだ。

「チャーリーさんの股間の本質なんて見たくもないですよっ！」

チャーリーとはあだ名である。本名は茶理《ちゃり》太《た》郎《ろう》。四十二歳。階級は巡査部長。僕の上司であり相棒であり、警視庁初の全裸刑事である。法案が施行された翌日、彼が初めて全裸で出勤してきたことを今でも覚えている。チャーリーはトレンチコートの似合う男でいぶし銀の風格を漂わせていた。そして何より多くの難事件を解決に導いた、警視庁が誇るエース級の刑事だった。部下たちはもちろん上司からの信頼も厚く、常に捜査の最前線に立っていた。そんな彼が全裸で現れたのだから職場は大騒ぎとなった。彼のイチモツを目《ま》の当たりにした若い婦警は卒倒するわ、マスコミにはたたかれるわ。そんな僕に警視庁の幹部連中はチャーリーにスーツを着用させるよう説得するミッションを押しつけた。僕は必死で彼の説得に努めたが頑《かたく》なに受け入れない。それでも僕の苦しい立場を理解してくれたのか、体にスーツ柄を彩ったボディペインティングで誤魔化すという苦肉の策で乗り切るつもりが、突然のゲリラ豪雨によってぶちこわしになった。

そんな事情で僕とチャーリーは本庁から所轄《しょかつ》である室町《むろまち》署の生活安全課に二人まとめて飛ばされたというわけである。室町署でも全裸は彼一人だけだった。周囲から浮きまくっているがチャーリーは気にする風でもない。それどころか最近は彼に同調する者たちも出てきた。しかしそんな彼らも全裸までには踏み切れない様子で下半身だけヌードの半裸姿という中途半端さでチャーリーを失望させている。それでいて靴下と靴を履いているので、法案施行前の露出狂の変質者を思わせて実に不快だ。署の方にも苦情が殺到しているが、下半身露出も法律で定められた権利だから止《や》めさせることができない。

そんなチャーリーにうってつけの仕事が回ってきた。

ヌーディスト法案は人々にさまざまな混乱と軋轢《あつれき》を生み出してきたが、特に人の密集する場所ではそれが顕著だった。中でも都心の通勤電車はトラブルてんこ盛りだ。妙齢の女性が全裸の男性に密着する状況ができあがってしまうわけで大きな社会問題となっていた。そこで鉄道各社は「全裸専用車両」を新しく設けたのである。今のところヌーディストの大半は男性なので車両の中はまるで混雑している銭湯の脱衣場を思わせる。僕も一度だけ外から眺めたことがあるが、メタボ体型のおっさんたちがだらしなく突き出た腹と股間をくっつけあいながらひしめいているというおぞましい光景が広がっていた。

その全裸専用車両に痴漢行為が多発しているという。混雑のどさくさに紛《まぎ》れて股間をまさぐるという卑劣な手口だ。朝のラッシュ時には車内は超過密状態になるため、一人当たりのスペースがシビアになってくる。そこで彼らの間では股間をコンパクトな状態にして他の乗客に迷惑を掛けないという暗黙ルールができあがっていた。しかし心ない痴漢行為によって股間は屹立状態に陥る。それによりスペースは逼迫《ひっぱく》し、車内のマナーが乱されるわけである。そんなに股間を触られるのが嫌だったらパンツを穿けって思うのだが、ヌーディストたちにその発想はない。

「チャーリー。七尾と一緒に車両に乗って痴漢を捕まえてこい」

今朝、生活安全課の課長がチャーリーと僕に命じた。この署に配属になってから僕はチャーリーと一緒に全裸絡みのトラブルばかりを任されている。僕たちはその足で最寄りの駅に向かっているというわけである。朝のラッシュ時であるため山手線《やまのて》のプラットホームは相変わらず混雑している。一時期に比べて全裸姿もちらほら見かけるようになった。

「七尾、そろそろ観念しろ。全裸専用車両は全裸じゃないと入れないぞ。靴下一枚履いていてもだめだからな」

チャーリーの言う通り、全裸姿にネクタイを巻いた男性が車両から追い出されている。こだわりが強い連中だけにルールに厳しい。

「ぐぬぬぬ……」

僕はプラットホームで歯ぎしりをした。ついに僕も公衆の面前で全裸にならなければならない日がやってきたのだ。職務のためとはいえ、そう簡単に決心がつくものではない。

「電車が来るぞ。さっさと脱げ」

チャーリーが僕の服を脱がしにかかる。さすがは筋金入りのヌーディストだけあって脱がしの技術は一流だ。気がつけば僕は下着姿になっていた。チャーリーは僕の服を「こんなものは虚飾だ」とゴミ箱に突っ込んでいる。周囲の注目を浴びて僕は為《な》す術《すべ》もなく固まっていた。

「さあ、最後の一枚は自分で脱ぐんだ。お前にとってそのブリーフは俺たちの世界へ足を踏み入れる記念すべき一枚となる。俺が脱がせてやってもいいが、やはりここはお前自身の手でするべきだ。これはただの脱衣じゃない。お前さんが新しく生まれ変わる儀式なのだ」

いつの間にか僕は全裸の男たちに取り囲まれていた。彼らは熱い眼差しを僕に、いや、僕の股間に向けている。やがて電車の接近を知らせるチャイムが鳴った。

「テイクオフ（脱げ）！　テイクオフ！　テイクオフ！」

周囲からコールが上がる。それは徐々に音量を増してテンポが上がる。数秒後には大合唱となった。ここまで盛り上がってもう脱がないわけにはいかない。引っ込みがつかなくなった。僕はパンツに手を掛けた。車両の到着と同時に一気に引きずり下ろした。男たちから大歓声が上がる。チャーリーは僕を大げさに抱きしめた。

「よくやった、七尾。ようこそ、七尾！」

彼は泣いていた。涙と鼻水でグシャグシャになった顔を僕の胸にこすりつけている。周囲に立つ全裸姿の男たちは全員股間を屹立させながらガッツポーズと一緒に雄叫《おたけ》びを上げている。

なんだろう、この心地よい一体感は！　そして胸躍る高揚感は！

「七尾っ！　盛り上がるのはあとだ。今は捜査に集中しろ！」

「はいっ！」

僕たちは全裸で埋めつくされた車両に体をねじ込んだ。肌と肌の触れ合い、人肌のぬくもりが体全体に伝わってくる。

「ああ〜」

僕は思わず漏れそうになる吐息を飲み込んだ。快感に酔いしれている場合ではない。今は捜査中なのだ。仕事に集中しなければならない。

扉が閉まり電車が動き出す。車内の空気の密度が一気に高まった気がした。乗り遅れた全裸のメタボオヤジがホームから恨めしそうに僕たちを眺めていた。

車内は男たちの体臭でむせ返るようだった。汗の臭いと湿り気のある生温かい空気が案外僕には心地よかった。もしかして僕は目覚めてしまったのだろうか。いや、あり得ない。この生まれたままの姿で日常を生きるなんて考えられない。僕をここまで育ててくれた実直な両親になんて言えばいいのか。彼らの顔を思い浮かべると目頭が熱くなる。

そのときだった。

僕の股間に人の手が触れた。思わずビクンと体をのけぞらせてしまった。その手は執拗《しつよう》に僕の股間をまさぐっている。偶然に触れているのではない。明らかに僕の股間を弄《もてあそ》んでいやがるっ！

「やめろよ、このエッチ！」

僕はその手を掴んで一気に持ち上げた。周囲の視線が僕の握った手に集まる。しかしその手の持ち主を見て僕は眉をひそめた。

「チャーリーさん！」

そう。犯人はチャーリーだった。

「す、すまん。つい魔が差した。しかし今のはいい反応だったぞ。俺が見込んだだけのことはあるな」

「もぉ、チャーリーさん。真面目にやってくださいよ」

そのときだった！

「痴漢ですっ！」

複数の声が重なり痴漢の手を握った手が一斉にあがった。

「マ、マジかよ……」

僕の声は思わずうわずった。その手は車内をきれいに一周してつながっていた。なんのことはない、被害者本人がまた別の人の股間をまさぐっていたのだ。

「山手線の中に山手線を作りやがって。さすがは俺たちだ！」

チャーリーが嬉しそうに白い歯をこぼしながら笑う。

「しかし犯罪は犯罪だ。七尾、全員しょっぴくぞ！」

いやいや、あんただって俺の股間を握ってたじゃん！

電車が止まり扉が開く。

全裸刑事になって初めての一駅乗車だった。僕は股間と一緒に気を引き締めた。

銀河帝国の崩壊　byジャスティス　大泉貴

初出『５分で読める！　ひと駅ストーリー　猫の物語』（宝島社文庫）

銀河帝国は崩壊する。すべては正義がもたらした必然である。もはや我々に残された時間は少ない。次に訪れる文明のために、私はこの記録を残すこととする。それが事態を引き起こした者の、最後の責務だからだ。

数年前、アンドロメダ星雲を航行していた私の所属する探査船カリガリ号は、ある移動物体を発見した。

物体の正体は銀河文明黎明期《れいめいき》の核融合エンジンを搭載した小型の宇宙船。調査の結果、かの伝説に名高き、地球由来のものであることがわかった。さらに驚くべきことに、宇宙船からは微弱な生命反応が検出された。

「歴史によれば、銀河帝国はもともと地球文明に端を発したと言われている。だが、地球文明が滅びて久しい今、かの文明の実態についてはいまだ謎が多い。我ら偉大なる銀河帝国のルーツを明らかにするためにも、至急あの宇宙船を回収するのだ」

鉄面皮《てつめんぴ》で知られる船長の鶴の一声で、我々、研究チームはその宇宙船を回収した。人間ほどの大きさしかない宇宙船には生命維持装置と、冷凍睡眠誘導装置ユニットが組み込まれている。私はニュートリノ解析機を使い、装置のなかで眠っている者の姿を透視してみた。

映し出されたのは、未知の生き物だった。

赤ん坊ほどの体躯《たいく》で、全身が体毛に包まれた四足歩行の恒温動物。装置のなかで、生き物は眼を閉じて安らかに眠り続けている。

我々は宇宙船のコンピュータに残された電子記録の解読を進めた。破損した電子記録を様々な方法で復元し、少しずつこの生き物について理解を深めていった。

ネコ。それが生き物の呼び名だった。かつて地球に生息していた小型哺乳類の一種であり、地球人類の愛玩《あいがん》動物として広く飼われていたらしい。もはや銀河帝国では失われた生き物を前にし、我々は浮き足立っていた。協議の末、この生き物を隔離ケースに入れて、装置からの覚醒を試みることにした。

覚醒はなんの問題もなく成功。

ほどなくして隔離ケースに入れられたネコは永き眠りから眼を覚ました。

生物学者の話によれば、ネコは小型の生物を捕食する肉食獣だという。だが実際のネコはハンターとは思えぬほど怠惰《たいだ》、というよりはグータラさで、隔離ケースで寝そべることが多かった。初めはなんらかの身体的障害を負っている可能性も考えられたが、運動のリハビリに与えたボールには瞬時に反応し、その説は却下《きやつか》された。ボール遊びがお気に入りなのか、ネコはよく前足でボールをつついて戯《たわむ》れていた。

知能指数は高くない。なにか目新しい特性があるわけでもない。なぜ地球人類がこの生き物をわざわざ愛玩動物としたのか理解に苦しんだ。

その一方で、カリガリ号の船員はネコに夢中になった。ネコの住む隔離ケースにはいつも船員たちが集《つど》い、ネコの一挙一動にいちいち黄色い声を発するようになった。

ネコとの戯れが良いモチベーションになったらしい。カリガリ号の船員たちの仕事スピードはたちどころに上昇、生じた余暇の時間でただひたすらネコを愛《め》で続けた。

事態を見かねた船長は腑抜けた船員たちを「怠《たる》んどるっ！」と一喝《いっかつ》したが、その実、船長も時間を見つけてはネコのもとに足繁《あししげ》く通っていたらしい。

なにが船員たちをここまで衝《つ》き動かすのか。うまく説明できる者は誰もいなかった。現在、銀河帝国にネコは存在していない。我々がネコに抱くこの胸を締め付けられるような熱情はなんというのか。誰にもうまく説明ができなかった。

解析した電子記録によれば、地球人はその熱情を『カワイイ』と形容していたらしい。すぐに我々も『カワイイ』を連呼するようになった。カリガリ号において『カワイイ』は流行語となった。

ネコを失った銀河帝国の市民たる我々にも、ネコに、そして『カワイイ』に惹かれる情動が残されていたようだ。

やがて船員たちはネコをケースから出し、直接触れることを要求してきた。

「我々はあの古代生物の生態についてより詳細に調査するために、一次接触による種族間との相互疎通《そつう》を試みるべきと考える。さすればそれは銀河帝国の歴史を解き明かす大いなる知見を得る契機となるはずだ。要するに、もっとモフモフしたい」

船員たちはみな、モフモフ欠乏症候群に喘《あえ》いでいた。

我々は過度な接触は禁じた上で、ネコとのモフモフを許可した。ネコを隔離ケースから放した途端、船員たちはネコのもとへ殺到。船内はたちまちネコを中心に動くようになった。とは言うものの、みなネコのストレスになることを避けるためか、むやみに触るような真似《まね》は控えているようだった。みなのあいだには、暗黙のうちに平和的同盟が結ばれていたのである。

あるとき、女性の船員が奇妙な器具をこしらえてきた。細長い形状の先端に、小さなボールが付いたその器具を、女性船員は『ネコじゃらし』と呼んだ。

「こうやってネコちゃんの前で揺らしてやるんです、見ていてください。はーい、どうどうどう」

はたして効果はバツグンであった。

ネコはたちまちネコじゃらしの虜《とりこ》となり、女性船員に擦《す》り寄ってきた。かくして女性船員はほかの船員の百倍、その身体をモフモフした。

そして平和的同盟が瓦解《がかい》した。ネコの寵愛《ちょうあい》を少しでも得ようとする者たちの争い――『第一次モフモフ紛争』が勃発《ぼっぱつ》したのである。

ある者は化学合成室でネコの好物をたっぷり詰め込んだ食料を調達してきた。ある者は技術開発室にこもり、ネコの運動野を大いに刺激する運動器具を開発してきた。

なかにはネコの各器官を模倣《もほう》した装飾品を装着し、自らネコになりきる者まで現れた。誰も彼もが、ネコに夢中になっていた。どんな危険な任務にも挑んで来た船員たちは完全にネコの虜となっていた。

カワイイは正義！　ネコはカワイイ！　ネコこそジャスティス！

船員たちは狂気の眼差《まなざ》しでそんなスローガンを連呼した。

ここに来て、初めて我々は事態の深刻さに気がついた。未知の病原体とは違う、もっと恐ろしいなにかが船内に蔓延《まんえん》していたのだ。

現在の銀河帝国にネコはいない。我々のほとんどはネコに対し免疫がなかった。『カワイイ』という概念に対し免疫がなかった。

まだネコの狂気に呑《の》まれていない船員たちもいる。どんな未知の病原体に対しても必ず少数の人間はなんらかの免疫系を有しているものだ。遺伝的多様性がもたらす防衛機構。それだけが我々の救いとなった。

こちらの混乱など素知らぬ顔で、ネコは変わらずに愛嬌《あいきょう》を振りまき続けた。

我々はネコを第一級危険生物と認定し、隔離スペースに移行した。

その一方で、ネコの遺伝子データと被害者たちの診断カルテを銀河帝国の研究機関に送信し、解析の協力を仰《あお》いだ。

ネコに取り憑《つ》かれた船員たちからは暴動が起きたが、我々は実力行使で彼らを制圧した。もはやかつての仲間たちの面影はそこになかった。彼らはネコを求めるゾンビに成り果ててしまった（実際に彼らを診断したところ、理性を司《つかさど》る大脳新皮質の衰退が確認された。もはや疫病以外の何者でもない）。

これ以上の事態の拡大を防ぐため、我々はネコをこの船に封じ込めることに決めた。ネコさえ隔離すれば、少なくとも被害は船外に広まることはないのだから。

『【拡散希望】うちのミャンちゃんは宇宙一カワイイよ！』

そんなタイトルのネコ動画がギャラクシーネットに投稿された。

たちまち動画は短期間で1000億PV数を稼ぎ、銀河帝国の全住民がネコの存在を認識することとなったのだ。動画の投稿主はカリガリ号の船長だった。

「ミャンちゃんのー！　ミャンちゃんの、カワイイところをみんなにも自慢したかったのーー!!」

あの勇ましかった船長もすでにモフモフ欠乏症候群の患者になっていた。

そこからの感染はあっという間だった。ネコの動画は銀河帝国の保安機関によって削除されたが、その度《たび》に別の投稿主が新しい動画をアップし、ネットの海に、ネコの存在を拡散し続けた。

やがて本物のネコを求める声が相次ぎ、激しい争いが起きた。船長を更迭《こうてつ》した我々はカリガリ号を操《あやつ》り、追ってくるネコ信者と果てのないチェイスを続けた。

だが本物のネコを求める彼らの熱情は凄まじかった。

ついには凄腕のクラッカーが研究機関のコンピュータにハッキング、ネコの遺伝子データを盗み出すまでに至ったのである。

遺伝子データと少々のタンパク質さえあれば、あとは簡単だ。銀河帝国の市民が持つ遺伝子3Dプリンタに、流出したネコの遺伝子データが配信され、銀河帝国のあらゆる場所で生きたクローンのネコが出力されたのだ。

市民たちはオリジナルの遺伝子データでは物足りなかった。DNAエンジニアたちにより、遺伝子組み換えが施され、多種多様な姿のネコたちが銀河中に溢れかえった。ネコの多様化は、耐性を持っていた少数の人々も蝕《むしば》んだ。ネコたちはその愛くるしい仕草で、銀河帝国の市民たちを精神的に支配し、隷属せしめたのである。

なぜ銀河帝国にネコがいなかったのか。私は一つの仮説を抱いている。

それは、地球文明がネコによって滅ぼされたからではないだろうか。

愛玩動物としてのネコは人間を魅了する方向へと進化してきた。やがて愛らしさの究極を極めたネコたちはついに人間を堕落させ、地球文明の破滅を導いたのである。

あの宇宙船はそれでもなおネコを捨てられなかった者たちが作った、パンドラの箱。

その箱を、我々は迂闊《うかつ》にも開けてしまったのである。

いま銀河帝国ではあちこちで内戦が勃発している。先日は、自分たちが保有するネコたちの楽園を築くための惑星領士を巡り、帝国所属の惑星国家同士が戦争へと突入した。最新鋭の量子ブラックホール兵器まで持ち出したらしい。おそらく最後は星ごと壊滅するだろう。人間の奥深くに刷り込まれた『カワイイ』の本能に、人々は抗《あらが》うことができない。銀河に帝国を築いたこの時代においてもなお。

ここカリガリ号も例外ではなかった。生き残っているのは私と、あの、すべての元凶となったネコだけである。ほかの船員たちはすべて私が殺してやった。

奴らめ、改造されたネコたちが市場に出回るようになった途端、あの子には見向きもしなくなった。そんな連中にネコを愛する資格などない。唯一、船長だけは心変わりしなかったが、ネコの所有権を主張して譲らなかったので、船外に放り出してやった。あの子を目覚めさせたのは私であり、研究チームのリーダーとしてあの子をずっと見守ってきたのも私なのだ。所有権は私にこそある。

ネコ、この記録はふたたび冷たい眠りにつく君のために残した。君には知性化処置が施されている。コールドスリープから目覚めたとき、君は人間とおなじ知能を獲得しているはずだ。そのときは君が、ほかの仲間たちを導いてほしい。グータラな君たちならば、きっと平和な帝国を築いてくれるはずだ。

これは銀河帝国終焉《しゅうえん》の記録であり、正義についての記録である。

カワイイは正義。正義を担《にな》う君たちの帝国に敵《かな》う者はいないだろう。

夏の夜の現実　遠藤浅蜊

初出『5分で読める！　ひと駅ストーリー　夏の記憶　西口編』（宝島社文庫）

空港から出ると空気が違った。日本じゃ一番鬱陶しい梅雨《つゆ》時なのに、アテネは涼しい。

今じゃデモと暴動とストばかりというイメージだったが、ごく普通の大都市だ。街中に遺跡や神殿があったりするのはこの街ならではだろう。俺は総菜屋で豚肉の串焼きと平たいパンを買って詰めてもらった。酒も勧められたが断った。白く濁った……たぶん自家製の焼酎かな。人の良さそうな総菜屋には悪いが、好みじゃない。

そしてバスに乗る。目指す場所はアテネの外だ。俺はバスに揺られながら小学生の頃を思い出していた。親父にもお袋にも話していない思い出が一つあった。

二十何年か前のギリシャ旅行。遺跡を巡り、ガイドお勧めの飯も腹いっぱいに食った。堤防沿いのレストランから海を眺めながらガイドと両親が話すのを聞いていた。主にこれからどうするかということだ。ガイドは「妖精がいるという村に行こう」と提案した。

元々アカデミックな好奇心があったわけではない両親も「博物館よりは」と消極的に賛成し、郊外へ何時間か車を走らせ、着いた時はもう日もとっぷりと暮れていた。

アテネみたいな都市じゃない。田舎《いなか》町とか村とかいうより、ほぼ、森だった。雰囲気はあった。日本の森や林とは違う空気があった気がする。曖昧《あいまい》なもんだが。

妖精の伝承を伝える古老に会いに行こう、とガイドが先導し、両親がついていく。俺はそんな大人達の後を追いかけていたが……Tシャツの裾を引っ張られた。誰だ、と見ると子供が俺のシャツの裾を摘《つま》んでいた。日本人じゃない。現地人だ。顔形は整っていたが、なんとなく儚《はかな》げな印象があった。病人とかそういう風には見えないが、印象が薄いんだ。

迷子かな、と考えた。だが言葉は通じないだろう。両親に知らせようと思い、前を行く大人三人に声をかけようとした。すると、男の子は俺の手を取って走り出した。俺は引かれるままついていった。なぜ馬鹿みたいについていったか？　俺にもわからない。不思議と「ついていかないといけない」という気になっていた。森の中を突っ切って……真っ暗なのに、なぜか転ばなかった。

木と木の間を抜け、節くれ立った根っこを飛び越え……その時だ。

覆面かマスクかよくわからないが、顔全体を覆うなにかを被せられた。目の位置に一対二《いっつい》つの穴が開いているから前は見えるが、視界は悪くなって俺は慌てた。

両親とガイドからは遠く離れてしまった。しかもわけのわからないマスクを被せられて、俺をここに連れてきたガキはなに考えてるか知れたもんじゃない。

慌てた上に視界が悪くなったところへ、とん、と背中を押されて俺はつんのめった。よろめき、身体を支える物を求めて手をついた場所は木製のベッドだった。森の真ん中に、豪華な装飾が施されたベッド。しかもそこで寝てたのは……美人だった。はっきりとそうわかるのに、男の子と同じように印象が薄い……いや、淡いというのか。十代にも二十代にも見えるけど、でも何歳にも見えない不思議な女の人で、軽くウェーブのかかった豊かな黄金色の髪が腰まで伸びて……よくよく見れば身体が透き通っていて、ベッドが透けて見えている。冗談じゃなく神様かと思った。この場合は神様じゃなくて女神《めがみ》様だが。

その女神様がふわっと顔をほころばせて俺に抱きついた。柔らかさとかは感じなかった。風に弄《もてあそ》ばれてるみたいなぼんやりとした感触があった。

女神様が手招きすると、どこからともなく綺麗なトンボや蝶がひらひらと飛んできた。いや、トンボや蝶じゃない。トンボや蝶の羽を背中から生やした女の子達だ。淡《あわ》雪《ゆき》のようにすぐ消えてしまう光を散らして愉快そうに笑いながら飛んでいる。

ふわっときた。ベッドが浮いていた。空を飛んでいる。

「夢みたいでしょ、お兄ちゃん？　でもね、夢じゃないんだな。妖精も女王様も全部本物」

いきなり日本語で声をかけられて驚いた。例の男の子だった。ベッドの端に腰掛け、いたずらっぽい笑顔を浮かべている。

ベッドは旋回しながら上昇していく。俺は身を屈めて下を見た。地上が離れていく。

カゲロウの羽で空を飛ぶ楽団が不揃いな行進をしていた。青く光る鹿が跳ね、小鳥が歌う。妖精の群れがきらきら光る金色の粉で夜空に模様を描き、星は煌《きら》めき、まん丸の満月には巨大な顔が浮かんで呵々《かか》大笑《たいしょう》、女王様の部下は薄絹をひらめかせてダンスを踊っていた。

俺は夢心地でマスク越しにそれを見ていた。薄く光り、見えたり消えたりと明滅を繰り返し、ぼんやりとした光の粉を振り撒《ま》きながら空を飛ぶ……そんな妖精に手を伸ばし、触れる直前、慌てて引っこめた。触ったら消えてしまいそうだ。笑い声が俺の頭の中で木霊《こだま》していて、それが全然不愉快じゃない。意識が溶けていく。

女王様は、ふんわりとした微笑みを浮かべ、ダンスの中に身を投じた。その時だった。闇の中から浮かび上がった影が女王様の肩を抱いた。影は王冠を被りマントを羽織った立派な王様の姿をとって、女王様の瞼をそっと撫で——

「それじゃお兄ちゃん。お楽しみの時間はそろそろおしまい」

ここに来た時と同じく、とん、と背中を押され、俺はベッドの中から転がり落ちた。あっと思った時にはもう尻餅をついていた。

「なにやってんだ、お前は」

両親が俺を見下ろしていた。親父は不可解そうな顔で俺の顔に手をかけ、何かを取った。

「これ、どこでもらってきたんだ？　まさか盗《と》ってきたんじゃあるまいな」

驢馬《ろば》のマスクだった。呆然《ぼうぜん》としている俺にガイドが笑いかけた。

「坊や、妖精にからかわれたんじゃないか？」


以上、楽しい回想終わり。二十云年が経過し、綺麗な心の子供は世間の垢《あか》で汚れたおっさんになり、バスは目的地に到着した。俺はバスから降り、我が目を疑った。

この旅には目的があった。もう一度、あの妖精の森に行きたかった。夢のような体験で、実際夢かと何度も疑った。でも驢馬のマスクは現実の物だ。俺は薄汚い大人になったから妖精に会うことはできないだろう。来るだけでよかった。思い出に浸りたかった。

親父から受け継いだ工場は人手に渡った。女房は去っていった。子供はいない。親戚は口を噤《つぐ》み、数少ない友人達は俺の知らないところでひそひそと話している。手を差し伸べてくれる者は誰もいない。親父もお袋もとうに亡くなった。

もう行く場所もない。最後に、妖精の森にもう一度だけ来たかった。なのに――。

舗装された道路にコンクリートの建物。ネオンの光る胡乱《うろん》な店が建ち並び、客引きが声を張り上げ、薄い服で化粧の濃い女が街灯の下にぽつんと立っている。酒と肉の匂い、化粧の匂い、あとは体臭に反吐《へど》の匂いが混ざっていた。森なんてもうどこにもない。

笑った。こりゃ酷《ひど》い。あんまりだ。最後までこれか。

あんな森に歓楽街作ってんじゃねえよ。馬鹿じゃねえか。税金だってじゃぶじゃぶ使ってんだろ。公共事業か。クソが。そんなだから国の経済が破綻すんだよ。ふざけんな。

妖精の森はクソ人間にぶっ潰され、妖精達は消え、俺は一人残された。今ここにあるのは喧騒と男と女と酒だけだ。なにもない。思い出もない。あるのは現実だけだ。妖精は、皆、触れれば消えてしまいそうに儚げだった。あの想い出も同じだ。現実の前では色褪《あ》せ、輪郭がぼやけ、もう俺の中を底浚《ざら》いしても欠片《かけら》しか残っていない。

俺は驢馬のマスクを被った。無精ヒゲとマスクが擦れてじゃりっと鳴った。マスク越しに見えるのも現実だ。妖精が見えたりするわけじゃない。不審者に対する眼差しで俺をちら見する道行く男、女。お前らはわかってない。ここには妖精がいた。本当にいたんだ。

「あれ？　お兄ちゃんじゃない？　ほら、むかし森の中で会ったよね」

マスクがズレそうになる勢いで振り返った。そこには女の子がいた。日本語を話しているが、日本人じゃない。金髪の巻き毛を胸まで垂らし、ワインレッドのワンピースを着た白人の女の子で、たぶんハイヒールのサイズが合っていない。顔の造作は整っているが、表情はどこかにやついて……見覚えがある。

「ひょっとして……あの時のガキ？」

「そういやそのマスク返してもらうの忘れてたわ。わざわざ返しにきてくれたん？」

「なんで性別変わってんだ」

本当はもっと聞くべきがあるのに、こんなことを聞いてしまう。

「だってこっちのが客にうけるもん。日本人ならわかるっしょ？　そういうの好きな民族なんだよね？　男の娘《オトコノコ》だったたっけ？」

「日本人全体に当て嵌《は》めるな。そんなのは一部の人間だけだ」

「まあいいや。じゃあせっかく再会できたんだから飲みに行こうよ」

さりげなく俺の腕に絡まり、しなだれかかってくるその動きは年季が入っている。

「聞いてよー。森が潰されちゃってさー。引っ越すわけにもいかないしさー。ＴＰＯに合わせるかってことで皆して街暮らしだよ。でも森で退屈してた頃よりは楽しいね」

「クソ。なにやってんだよお前らはよ。触れば消えてなくなっちまいそうなのに、どうしてそこまでしぶといんだよ。なんだよその生命力は。俺の美しい思い出どうしてくれんだよ」

「その袋なに？　開けるよ？　あ、豚串《スヴラキ》じゃん。美味《おい》しそうだね。食べていい？」

「聞けよ！　お前ら本当にこれでいいのかよ。女王様だって怒ってんだろ」

「別に怒ってないし。女王様は今でもこの街で女王様やってるよ。色んな意味で」

どんな意味だよ。

メイルシュトローム　谷春慶

初出『5分で読める！　ひと駅ストーリー　降車編』（宝島社文庫）

プシューと空気の抜けるような音が響いてきた。電車のドアが閉まったのだ。総武《そうぶ》線各駅停車千葉《ちば》行きが、身震いするように車体を揺らしながら走り出す。西船橋《にしふなばし》駅の次は船橋駅に停まる。本当なら俺は西船橋で降りるはずだった。

ガタンゴトンと揺れるのは、車輪と線路の食い違いによるものか。それとも慣性の法則のせいか。どちらでもいいが、今の俺には、その揺れが憎くてしかたがない。このガンガンに効いた冷房も最悪だ。冷風が頭をかすっていくたびに、寒気のせいで身ぶるいしそうになる。勘弁してくれ。

俺は、腹が痛いのだ。

死ぬほど痛いのだ。

西船橋で降りなかったのは、タイミング悪く腹痛のピークを迎えてしまったからだ。無理に立っていたらケツが噴火していただろう。そして、おそらく噴火口から射出される溶岩流は固形ではない。ドロドロの液体だ。

さらに大きな問題がある。

俺、今、ハーフパンツはいてる。

長ズボンだったら被害は臭《にお》いだけだ。体から流れ出る土石流を衆目《しゅうもく》にさらさず済んだだろう。だが、ハーフパンツは無理だ。足を隠しきれないハーフパンツでは、成人男性の尊厳とか、明日への活力とか、楽しかった思い出とか、その他諸々《もろもろ》のいろんなものを守りきれない。

うつむいた視線の先には低めのヒール。目の前に立ってるのは初老の女性だ。不運なことに俺は優先席に座ってしまっているから顔を見るわけにはいかない。普段ならともかく、今の俺には席を譲る余裕などなかった。

隣には金髪と茶髪《ちゃぱつ》のギャル風女子高生二人組。優先席であることなど最初から気にも留めていないのか大きな声ではしゃいでいる。この二人の声も今の俺にはジャブのように響いてくる。

下腹部に突き刺すような痛みが奔《はし》った。

歯を食いしばる。

がんばれ、俺の肛門括約筋《かつやくきん》。

ここは出口じゃありません。ましてや入口でもありません。じゃあ、なんだ？　箱《はこ》根《ね》の関所です。入《い》り鉄砲《でっぽう》に出女《でおんな》、どちらも絶対通しません。幕府ぅ！　がんばれ、俺の幕府ぅっ！

「なにそれ、ウケる」

ギャル風女子高生の片割れが大きなリアクションをして俺の体にぶつかってきた。手形《てがた》？　この揺れが箱根を越えるための通行手形ですか？

呼吸を止めた。時間も止まった。肛門が熱くなった。体が硬直した。

コントロールできない肉体との闘争は、すなわち荒ぶる自然に挑んできた人類の歴史となんら遜色《そんしょく》がない。そう、これは神と俺との問答《ダイアローグ》。

不意に温かい光を幻視した。下腹部の痛みが温かみに変わった。慈愛に満ちた光とともに俺の体は弛緩《しかん》していく。地獄の苦しみから解放されたのだ。

これこそ、まさに神々の慈悲。やっぱり八百万《やおよろず》の神は違う。こうして俺を救ってくれる。

ピークを越えた俺の腸内状況はじょじょに平穏を取り戻していった。

一息深呼吸。

この小康状態なら立ち上がって移動ができる。

新たなビッグウェーブが来る前に船橋駅に到着できるだろうか。あと、どれくらいかかるのだろう。西船橋から船橋駅はだいたい四、五分くらいか。

電光掲示板を見ても、次は船橋と表示されているだけだ。

「でしょ？　マジやばくない？」

またでかいリアクションだ。女子高生の肩がぶつかってきた。

冷静になれたら、ギャル風女子高生に腹が立ってきた。

こいつ、俺を社会的に殺す気か？　隣のヒットマンか、この野郎！

これだからギャルは嫌いなんだ。スカート短いし、胸元開いてるし、発育いいし、なんかいい匂いするし、どこに目をやったらいいのか困るじゃないか。けしからん。非常にけしからん。俺がお父さんだったら、こんな服装、許さないね。絶対に許さない。このビッチ！　ビッチビチのビッチ！　とか言いながら往復ビンタして説教《クンロク》かます。

あいかわらず女子高生の二人組はテンション高めに会話をしている。ただの友達だった男と色恋に発展するかもしれなくて、のっぴきならない状況だ、みたいな話である。いやいや、こっちのほうがのっぴきならないからね。今、ピンチを通り過ぎたところかと思ったけど、また来たぁぁぁ！

下腹部に大渦巻《メイルシュトローム》が発生！

歯を食いしばって腹を押さえる。足の筋肉はピンと張るように固まり、肛門括約筋の補助へと回る。神に祈るように天を仰いだ。

ストッ〇なる商品の中吊り広告が目に入った。下痢止めというフレーズが、ちょっとだけ輝いて見えたが錯覚だ。今、この瞬間、なにより欲しいものでありながら文字通り絵に描いた餅でしかない下痢止め薬なる存在は、ただ俺の心を乱すだけの小悪魔《ファム・ファタル》でしかない。

いや、待て。待つんだ、俺！

人間の想像力は時に肉体を凌駕《りょうが》すると言われる。

たとえばチベット密教にはタルパなる秘法があるらしい。自分で作り出した想像上の恋人が実在する人物のように見て触れて話せるようになり、場合によってはタルパとの間に子供のタルパまで作り出すことができるのだとか。さすがはチベット密教、神秘のレベルが桁違いだ。

現在、俺の追い込まれ具合は密教修行僧とタメを張る。いや、ハナ差で勝ってる。ならば、あのストッ◯下痢止めを実在するものかのように錯覚できるかもしれない。ですから、屏風《びょうぶ》に描かれた虎を捕らえる一休《いっきゅう》さんのように、まず屏風から虎を出してください、お願いします。虎とは言いません。ストッ◯下痢止めを広告から出してくださ い、新右衛門《しんえもん》さん。

必死な思いで中吊り広告を凝視していたら、初老の女性と目があった。総白髪の女性で赤縁メガネをかけている。口紅は真っ赤で顔が不自然なまでに白い。化粧というか化生だ。その落ちくぼんだ瞳は鋭く俺を射抜いている。なぜか怒っているようだった。

「優先席でしょ、ここ」

俺の目を見てハッキリと言いきった。だが弁解も反論もできない。第二の災厄《さいやく》が俺の腸内を襲っているからだ。痛みを抑え込むようにうつむいた。

「聞こえないふり？　ほんと、最近の若い人ってダメねぇ」

うるせぇ、聞こえてるよ！　なにも言えない状況なんだよ！　こっちだって普段なら笑顔で席を譲るくらいの常識わきまえてるよ！　でも、できねぇんだよ！　察しろや、老害！

「若いんだから立ってなさいよ」

それを言うなら女子高生に言えや！　こいつらが、ちょっとヤンチャっぽいからって、パッと見大人しめな俺にきたんだろ！　なめんな、ババア、確かに生まれてこのかた荒事《あらごと》とは無縁だよ！　慧眼《けいがん》だよ、ババア！

「ちょっと聞いてるの？」

肩を揺するなぁぁぁぁぁ！

大腸に振動が伝わると……眠ってるなにかが起きるぞ！　肛門括約筋は今ギリギリのところで仕事してんだよ！　ちょっとした振動で爆発する爆弾の相手してんの！　おい、それ以上揺らすと俺は社会的に死ぬぞ⁉　そしたら、俺は土石流まみれの悪鬼となってアンタを殺すぞ？　生まれて初めての荒事で新聞の一面飾ってもいいのか！　下手《へた》だが、なにも言えない。歯を食いしばって全身の筋肉を使い、肛門を絞める。下手に力を抜いた瞬間、ぶっ放す自信がある。

「ちょっとあなたね……」

ババアの声に苛立《いらだ》ちが乗っていた。それが、またムカついた。ムカつくけど、今はそれどころじゃない。なのに、このババア、俺の肩を揺すりやがる。それ以上はダメだ。それ以上はいけない。

涙が出そうになった。もう限界だ。

「あ、こっちどうぞ」

不意に暴力的な振動が途絶えた。一瞬、なにが起きたのかわからなかった。

「あら悪いわね」

白髪ババアが俺の隣のスペースに座り込んできた。

「あんた、超いい奴」

席を譲ったギャル女子高生は片割れのギャルの前で照れくさそうに笑っている。

「でしょ？　だって、あの人、具合悪そうだし」

ギャル！　おい、ギャル女子高生！

ビッチって罵《ののし》ってごめん！　ほんと、ごめんなさい！

未だに引かないビッグウェーブのせいで御礼も言えない俺を許してくれ。そして、少しばかり惚れてしまいそうな俺も許してくれ。なんだかんだでギャルっていい子が多いんだよね、素直というか裏表がないっていうか優しいところがあるよね……。

今までギャルものAVは守備範囲外だったけど、もし、これを乗り切れたらTSU〇AYAでギャルもの借りるよ。君への惜しみない謝意を、そういう形でしか表すことのできないダメな俺を許してくれ。

車内のアナウンスが船橋駅への到着を伝えてくる。ビッグウェーブとビッグウェーブの合間にある小康状態。

このタイミングなら行ける。降りられる。

総武線各駅停車千葉行きは、その車体を船橋駅へと静かにすべり込ませていく。

エアーコンプレッサーの音とともに扉が開いた。

俺は立ちあがりながら女子高生へと「ありがとう」という意味を込めて親指を立てた。もちろん、俺は今できる範囲で最大の笑顔を浮かべた。

「え？　キモッ」

極限状態でおかしなことになっていた俺は現実へと引き戻された。

やっぱギャルはないわ。

だって戦闘力高そうだもん。優しい戦士って孫悟空《そんごくう》かよ。金髪スーパーサイヤ人は守備範囲外です。つーか、こっちから願い下げなんだよ、ビッチ！　ビチビチビッチ！

だが、助けられたのも事実だし、今後の相互理解のためにTSU〇AYAでギャルものAVは借りることにしよう。歩み寄りの精神は大切だし、なによりAVに罪はない。

まあ、今は、そんなことよりも、とにかくトイレへと急がねばならない。
ビッグウェーブを誘発しないよう細心の注意を払いながら扉の前へ……。
扉が閉まった。
一瞬、なにが起きたのか理解できなかった。
総武線各駅停車千葉行きが走り出す。走り出してしまっている。
優先席へと視線を向ける。俺が座っていた席には見知らぬお爺さんが座っていた。
電車が揺れる。腹は蠕動《ぜんどう》する。
俺は天を見上げた。ストッ◯下痢止めの広告が目の前にあった。
ただ肛門が熱くなった。

ヘンタイの汚名は受けたくない　篠原昌裕

初出『5分で読める！　ひと駅ストーリー　夏の記憶　東口編』（宝島社文庫）

「ということは……」と、市川《いちかわ》は他の四人を見回し、一息に言う。

「犯人はこの中にいるってことじゃん」

「犯人じゃない。そんな奴がいるなら、ただの変態だ」

怒った顔をした仁藤《にとう》がかぶせてきた。

「じゃあ、この中で犯人が特定できたら、ソイツは今後、『ジ・ヘンタイ』の汚名を受けるってことにしよう」

若干悪ノリした様子で光村《みつむら》が提案した。しかも、冠詞《かんし》の発音が間違っている。

「みんな、それでいいね」

与田《よだ》が同意を求めると、市川は、うん、と応じた。他の二人も頷く。

剛力《ごうりき》だけが下を向き、綺麗な黒髪に半分隠れた顔を、真っ赤に染めていた。

そんな剛力を横目に見て、かわいい、と思ってしまう自分を、市川は戒《いまし》める。今はやるべきことをしなくては……と意識を仁藤、光村、与田のほうへ集中させた。

剛力の使用済み水着が消えたのは、八月の中旬、ファミリーレストランでのことだ。

いつも五人で行動する仲間のうち、剛力だけが高校生になっても泳げなかった。

それをかわいそうに思った市川たち四人が、せめて二十五メートルくらい泳げるようにしようと、剛力を市民プールへ誘うようになったのが夏休みのはじめ。

週二から週三のペースでプールに通いつめた結果、その日ついに、剛力は不格好ながら二十五メートルを泳ぎ切る。喜び盛り上がった勢いで、ファミリーレストランになだれ込んだ市川たちの空気に暗雲が垂れ込めたのは、全員がすでにドリンクバーのお代わりを五回以上済ませたあとのことだ。

店内のきき過ぎた冷房の寒さに耐えられなくなった剛力が、常に持ち歩いている上着を取り出そうとカバンを開けたとき、事態は発覚した。

剛力は取り出した上着を羽織ることもせず、「あれ？　なんでだろう」と言いながら、カバンをがさごそとやり出したのだ。

周りに、どうした、と問われた剛力は言いづらそうに答える。

「……み、水着が……なくなってる」

何かの間違いでは、と指摘され、剛力はカバンの中に入っていたものをすべてテーブル上に出した。タオルや水中メガネ、子猫が表紙のメモ帳に筆箱……律儀《りちぎ》にも「水泳入門」という教則本まで出てきた。

しかし、水に濡れた水着を、入れたはずのビニール袋だけが出てこない。

まず四人が疑ったのは、プールでの練習が終わったあと、剛力が水着の入ったビニール袋をカバンに入れ忘れたのではないか、ということだ。だが剛力は、間違いなく、カバンの中に入れた、と主張し、これを否定する。つまり、プールが終わってファミリーレストランに入るまで、水着の入ったビニール袋は、剛力のカバンの中に存在していた、ということになる。

市川たちはファミリーレストランの禁煙席で、一番奥にあるボックス席に陣取っている。もちろん他にも客はいたが、入れ替わりも多いし、そもそもボックス席は他の客席から見ると死角が多い。店員だって、ドリンクバーだけで粘る高校生たちをいちいち気にかけたりはしない。したがって、目撃証言は当てにできない。

五人以外の——たとえば、他の客が盗ったという説は、テーブルに仲間内の一人が常にいた、ということから除外され、行き着いたのが、剛力以外の四人に、剛力の水着を盗った者がいる、という結論だった。

そうして、やり取りは冒頭の市川の発言に至る。


「犯行自体は、誰にでもできるチャンスがあった」

そう宣言することで、市川は暗黙のうちに探偵役を買って出た。

なんで、という問いに対し、市川はこれまでの五人の行動を説明する。

ファミリーレストランで席に着いて、全員がドリンクバーだけを注文した。

それ以降、一人がテーブル番として残り、他の四人がドリンクバーへ好きなドリンクを取りに行っていた。しかも、すでに全員が五回以上お代わりをしており、絶対に一人一回はテーブル番をしている。

自分たちのいるボックス席はドリンクバーの設置場所から一番離れたところにあり、尚且《なおか》つ、そこへ行くためには角を曲がらなければならない。

ドリンクバーへ行き、自分の好きなドリンクを持って席に戻ってくるまで、走りでもしない限り最低一分はかかる。しかも、氷を入れたり、なんのドリンクを飲むかをその場で迷ったり、他の客の順番待ちをしたり、仲間内でしゃべったりもしていたのだから、三分以上戻ってこない場合もあった。

全員が二回以上トイレに行っていることも考え含めれば、剛力のカバンから水着の入ったビニール袋を抜き取ることくらい、誰でもできるはずだ。

全員の納得を得た市川が、「それで肝心の、誰が水着を盗ったのか？　という話になるけど……」とさらに語ろうとしたとき、「ならさあ」と口を挟む者が出てくる。

「なら全員で、カバンの中身を全部出し合って、確認すれば済むんじゃないの？」

仁藤だった。

「そ、それはダメだって！」

反射的に自分の声が裏返ってしまったことに、市川は慌てた。

「なんでダメなの？」と光村が問い詰めてくる。

「カバンの中身ってのはプライバシーの塊じゃん。それをいきなり、全部出せっていいうのは、プライバシーの侵害に当たるから」

　市川は心臓の高鳴りが口調に表れないように努めた。

「それってさ、半分自分が犯人ですって認めてるでしょ？」

　仁藤の指が市川を差した。

「違う！」と否定したが、市川は顔がやたら熱くなっているのを感じていた。

「市川の言ってることは、こういうことじゃない」と与田が口を割り入れてくる。

「たとえば、誰にも言えない恥ずかしい趣味の本を、バイブルのように常に持ち歩いている人がいたとする。本じゃなくて恥ずかしい人形とかでもいい。カバンの中身を全部出すなら、そういう物も出さなきゃいけなくなる。でも、自分の趣味をあけすけに他人に開示する義務なんてない。そういう意味で、プライバシーの侵害って言ったんじゃないの、市川は」

　与田の助け舟に、市川は「そう、そういうこと」と何度も相槌《あいづち》を打つ。

「でも、それはそれでヘンタイじゃん？」と光村が指摘した。

「その変態と、今見つけようとしているジ・ヘンタイは、意味が違う」

　与田が返した。与田の場合、冠詞の誤用は意図的だろう、と市川は思う。

「じゃあ、与田もカバンの中身を全部出すのには反対なわけ？」

　仁藤の問いに、「そういうことになるね」と与田は答えた。

「これで犯人候補は二人に絞られた」

得意顔になった仁藤に、与田が「なんで、そう短絡的に考える？」と反発した。

市川も、ここぞとばかりに援護射撃を放つことにする。

「こういうことも考えられんじゃないかな。犯人はすでに剛力の水着をどこか安全な場所に移している。だから平気で、カバンをオープンにしようと言い出せた」

これに怒り出したのは光村だ。

「なにそれっ。そんなのこじつけだよ！　ただ、今のままじゃ埒《らち》が明かないから、カバンの中をオープンにしようって言ってるだけでしょっ」

「そんなこと言って、ホントは人のカバンの中、覗きたいだけなんじゃん？　それ自体、覗き嗜好《しこう》を持った変態性の表れだって」

与田の言葉に、仁藤と光村が同時に「はあっ！」と声を上げる。

市川は、この場が疑念の混沌を帯び始めていくのを感じた……。

「もういいよ！」

一際《ひときわ》大きな怒鳴り声が響いた。それまで口を閉じていた剛力の声だった。

「なんでこんな風になるの？　今日は、みんなのお蔭で二十五メートルを泳げた記念日なんだよ。それなのに何これ？　誰が犯人とか、誰が変態とか、ジ・ヘンタイとか、そんなのどうでもいいよ！　みんな仲間だよ。友達だよ。それでいいでしょ！」

剛力は涙目になっていた。

「そんなこと言ったってさ……」と仁藤。

「剛力、水着のことは……？」と与田。

「もういいって、そんなの。きっとどこかで落としたんだと思う。水着なんて、また新しいのを買えば済むんだから。そんなものより……今ここにある、みんなへの感謝の気持ちを大事にしたい」

そう言って、剛力は小さな胸に両手を置いた。

市川はその姿に見とれ、他の三人も毒気を抜かれたように黙り込む。

我に返った市川が、不意に「ごめん」と口にすると、仁藤、光村、与田も、それぞれ剛力に詫びた。そして今一度、剛力の二十五メートル完泳を祝い、ドリンクバーのグラスで乾杯をする。

四人の笑顔を見ながら炭酸の抜けたコーラを飲んだ市川は、静かに息を吐いた。


「その切り方って、やっぱおかしくない？」

布を挟み込んだ状態で、裁《た》ちバサミの鋭い両刃が、その動きを止めた。

「なんで？　ちゃんと測って、きっちり等分のところに印付けたじゃん」

「そもそもさ、この場合の『等分』って、『長さ』じゃないと思うんだけど」

「じゃあ、何を基準にして『トーブン』とするの？」

「んー、なんと言うか、どこに何があったかの比重、みたいな……？」

「どこにナニが、どんなヒジューであったのかなんて、わかるの？」

「わかるわけないでしょ。体の構造が違うんだから」

夜八時、市立公園の約束のベンチに集まった四人は、どこをどう切れば、本当の意味で均等配分になるのかで揉めていた。

「それにしても、あそこで剛力がカバンを開けるとは思わなかったぁ」

「泳げないし、寒がりだし、なよっちいよね……ま、そこがかわいいんだけど」

「でも、カバンの中身出そうとか、よく言えたね。私一人に罪かぶせる気だった？」

「まさか。ただ誰かが、そう言っとかないと逆に怪しまれるでしょ。それに、剛力から『もういいよ』って言葉を引き出すには、ウチらがケンカする火種が必要だったし。あとはきっと、与田がうまい屁理屈こねてくれるって信じてた」

「うまい屁理屈ってのはおかしいけど、うまくはいったね」

「こっちは剛力が声を上げてくれるまで、生きた心地がしなかったよ」

市川和美《かずみ》はそう口にすると、仁藤双葉《ふたば》、光村美香《みか》、与田由子《よしこ》という共犯女子高生三人と共に、戦利品である男物のブーメランパンツをうっとりと眺める。

裁ちバサミが入るのは、もうしばらく先のことになりそうだった。

猫の恩返し（妄想）

喜多南

初出『5分で読める！　ひと駅ストーリー　猫の物語』（宝島社文庫）

「――ところで」と、目の前にいる彼が唐突に切り出してきて、私は期待に胸を膨らませた。そろそろ愛の告白とかされるタイミングかも。いきなり襲いかかってきても私としては大いにウエルカムウエルカム。早く彼とラブラブになってじゃれあいたい。

それなのに、次に彼の口から出てきた言葉は、まったく想定外なものだった。

「うちの飼い猫たちって、人間になったら美少女になると思わないか？」

「は？　意味分かんないんですけど」

あまりに斜め上な発想だったので、私はぽかんと口を開けてしまった。

「お前も知っているとおり、昔からそういう話はよくあるわけじゃないか。命を助けたり、長年世話をしたりした動物が人間になって恩返しにきてくれるとかさ。そこでうちの飼い猫たちを見てくれ。とてもかわいいだろう」

「うん、まぁ、かわいいんじゃない」

私に腹を弄《もてあそ》ばれて仰向《あおむ》けになっているのは、彼の飼い猫であるタマちゃんだ。私は猫があまり好きじゃないが、この子のぱっちりした大きな瞳と、人懐《ひとなつ》こい仕草は確かに愛嬌《あいきょう》がある。もっとも、彼の愛を一身に受けていることに対する嫉妬《しっと》のほうが強いのだけれど。

狭い彼の自室には、他にも三匹。おのおの好き勝手にくつろいでいる。ベッドの上にいるのはシロちゃん、トモちゃん。学習机の上で寝そべるのはコウちゃん。この部屋にやってきたとき、彼は何よりも最初に猫の紹介をしてくれた。よっぽど猫好きらしい。

そして彼の家の猫たちは、彼の自室をくつろぎの場にしているのだそうだ。

「ほうら、こんなにも僕の部屋に集まってきて、僕のことが大好きで大好きで堪《たま》らないって感じだろう!?」

「舐《な》められてるんじゃないかな」

猫って上下関係作ったりするし。現に今も、床に座っている彼より高い位置を陣取って、偉そうにふんぞりかえっている。彼本人は気にしてないようだけど、私としてはその態度にちょっとムッとしてしまう。だから猫は好きじゃない。

部屋のカーテンはボロボロに引き裂かれているし、壁は爪研《つめと》ぎの痕《あと》だらけ。この場所だってただ単に縄張りの一角なのだろう。

しかし、彼に私の声は届いていない様子だ。妄想の世界に片足突っ込んでいるような、恍惚《こうこつ》の表情でいる。

「長年お世話してきた僕への感謝の気持ちもあるはずだし、いずれ美少女になってくれるに違いない。ああ、そんなことを考え出したらイメージが止まらなくなってきた……!」

「なんで私の前でそういうこと言うかなぁ」

わざわざ大好きな彼の家にまで押しかけてきた。しかも彼の自室に二人きり。それなのに、私、見向きもされていない。仏頂面《ぶっちょうづら》にもなってしまう。

　そんな私に構わず、彼はふわふわした毛並みの茶トラ猫、タマちゃんを指差し、訥々《とつとつ》と語り始めた。

「まずタマちゃんは、肩下までのゆるふわウェーブ茶髪で、大きな瞳がキラキラしているお嬢様系女子高生だな。その黒目がちな瞳に見つめられると、男子なら誰でも胸をズキュンと射抜かれること必至。普段は学校の制服を清楚《せいそ》に着こなし、スカートを翻《ひるがえ》しながら可憐に上品に振る舞っている彼女だが、二人きりになったら甘えん坊な姿も見せてくれて――」

「女子高生なら目の前にもいるよ。ほら制服制服」

　私がプリーツスカートの裾《すそ》を指先でつまみ、ひらひらさせて見せると、彼は嫌そうに顔をしかめた。

「お前はなんて言うか、違うじゃないか」

「……猫なんて八方美人じゃん。甘えん坊なところは二人きりのときだけって言ってたけど、思いっきり私の前でも腹見せてじゃれてるし」

「そ、それは」

「ご主人様に忠誠を誓っているとかじゃなくて、環境に馴染《なじ》んでるんだよ。だからその時の気分で誰にでもすり寄るの」

その点、私は彼に一途《いちず》なのである。

「そんなことないっ……タマちゃんは、タマちゃんは僕だけ、にしかなびかな……」

当のタマちゃんは、私に喉をくすぐられてゴロゴロと喉を鳴らしまくっている。そのゴロゴロ音が部屋の中に響きわたり、彼は肩を落とした。私はほくそ笑む。

「へっへっへ」

「なんだその笑いは！　タマちゃんがダメでも他の子だっているんだからな！」

諦《あきら》めが悪い性格なのか、彼はまだ続ける気みたいだ。学習机に寝そべる、白と黒が混じった毛長の猫を指さした。確か名前はコウちゃん。切れ長な瞳が闖入者《ちんにゅうしゃ》の私を細く睨《にら》んでいるようにも見える。

「コウちゃんは、大人しくて賢い女子中学生だ。しかも病弱キャラ。腰まである艶々《つやつや》としたまっすぐな黒髪と、色白な素肌のコントラストが息を飲むほどの美しさだ。薄幸の美少女といったその風情《ふぜい》は、見るものの胸をハッとさせ、思わず守ってあげたくなる。けれど彼女自身は非常に警戒心が強く、僕以外の人間に心を開かない」

「私だって黒髪ストレートだよ？　ほらほら」

「だから、お前は根本的に、猫じゃないんだよ」

そこまでキッパリ言われると、私もいじけた気持ちになる。もうこうなったら、とことん彼の妄想の邪魔をしてやろうという気分になった。

「病弱な女子中学生にしちゃぁ、ちょっと太ってるよねこの子。ちょっと無理があるんじゃない？」

私がでっぷりした無愛想なコウちゃんを指差すと、彼は少し涙目になった。

「ならば、シロちゃんはどうだ……！」

もはや後には引けないのか、彼は次なる猫を指さした。瞳がオッドアイの、真っ白な毛並みが綺麗な猫だ。まだ幼さが残っており、好奇心旺盛そうな瞳が、くるくると忙《せわ》しなく動いている。

「シロちゃんはまるで妹のような、元気いっぱない活発少女。青と緑のオッドアイが印象的な異国の美少女で、白いひらひらワンピースを着た、いたずら大好き遊びたい盛りの七歳の女の子だ。体操選手並に運動神経は抜群で……」

「あ、はいはーい！　活発な女の子が好きなら、私活発だよ！　スポーツも自信あるし！　アウトドア派だし！」

今も部屋にこもってなんかいないで、どちらかというと彼と一緒に外を駆け回りたい気持ちで一杯だ。

「僕はインドア派だ」

「がっかりだよ！」

「そうだな……シロちゃんのような活発少女は、僕にはコントロールできないかもしれない。諦めた方がよさそうだ」

「大体、七歳の少女って、キミわりと本気で死んだ方がいいんじゃないかな」

「だって実際七歳なんだから仕方ないだろう！　ち、ちがう、そんな目で僕を見るな」

目が怒っているのは別の理由からだよ、という言葉がもう喉元まできている。私は一度深呼吸して、なんとか自分を抑えつけた。

「もう最後の一人しか残ってない……彼女が僕の、最後の頼みの綱だ」

そう言って彼が指差すのは、短毛で少しくすんだ茶猫。見た目的には一番地味な子で、特に存在感もない。

彼はまるで私に最後の戦いを挑むかのように、目を大きく見開いた。

「妄想最終兵器、幼馴染の彼女だ！　ご近所に住む黒髪ボブカットのトモちゃんは、もちろん僕と同級生で、付き合いも長いのでお互いのことをよく理解しあっている。そして彼女は、僕の家に入り浸り、母親のようにかいがいしく僕の世話を焼いてしまう性分なのだ。ぶつぶつ不満を漏らしつつも、僕の部屋を掃除したり、宿題を見てくれたり。身近で庶民的な女の子、しかしそれが実際は一番の本命となりうるのだ。ああ、彼女といると落ち着く。お嫁さんにしたい……！」

「ちょっといいかな」

　限界を迎えた私は、ゆらりと立ち上がった。

「そろそろ根本的なこと突っ込んでいいかな？」

「な、なんだよ」

「この子たち、全員、オスじゃん！」

　私は、彼の妄想を根本から叩き潰す、決定打をビシリと突きつけた。

　彼の話を聞いてやろうと変に情けなんてかけず、最初からこうすればよかったのだ。

　彼はぐしゃりと崩れ落ち、その場に四肢《しし》をつく。

「ああ、そうさぁ……その点だけには触れてほしくなかったが、我が家の猫たちは全員オスだ。実際恩返しにきてくれるのは、去勢済みニューハーフ美少女だ。くっ完敗だよ……夢くらい見させてくれたっていいじゃないか！」

　床に何度も拳を強く叩きつけると、猫たちが嫌そうな顔をして彼から離れていく。少し開いたドアの隙間からつい、と出ていってしまう子までいる始末。猫は大きな音が嫌いなのだ。

　私は彼の前にしゃがみこみ、のぞきこむようにして見つめた。この部屋に来てから一度も目を合わせようとしてくれないんだけど、やっぱり視線を逸《そ》らされる。

　瞬間でカッとなった私は、もう冷静な気持ちを保《たも》てず、彼の両肩を正面からわし摑みにした。

そのまま体重をかけ、彼を仰向けにして押し倒す。

「私がいるじゃない！　私じゃダメなの⁉」

彼は真っ赤になって、首を何度も強く振る。

「ちょ、ちょっと待って、そういうのは求めてたのと違うっていうか」

彼の反応の可愛さに堪《たま》らなくなって、私は彼の頬にキスをし、そのままぺろぺろと顔を舐めまわす。ずっとガマンしていたけれど、もう限界だ。

うまく人間に化けたのに、スカートの下からいつの間にか尻尾がのぞいていた。私はそれを千切れんばかりに振って、彼の首根っこに抱きつく。

川で溺《おぼ》れかけていた私を助けてくれた彼に、恋をしてしまった。

だからもういい加減諦めて、私からの恩返しを受け入れてもらいたい。

「あーもう、好き好き！　遊ぼうよぉ！」

「……なんで僕、犬を助けちゃったんだろうなぁ……」

どこまでも猫派らしい彼の、嘆くような声が聞こえてきた。

悟りを開きし者　木野裕喜

初出『5分で読める！　ひと駅ストーリー　本の物語』（宝島社文庫）

【悟りの書】とは、古来より、手にした者の迷いを断ち切り、真理を会得《えとく》させせると言われる幻の書物。そうして悟りを開いた者のことを、人はこう呼ぶ。

――賢者。


六畳一間の風呂無しぼろアパートに、二人の男女が向かい合って座っていた。

足の踏み場もないほど漫画やＤＶＤ――『ドラゴンボール』や『バットマン』など、少年向け作品――が乱雑に散らかった部屋は、男の趣味とずぼらな性格がよく滲み出ており、およそ女性を招き入れるに相応《ふさわ》しいとは言い難い。

男は平本英雄《ひらもとひでお》（22）。この部屋の住人。子供の頃からヒーローに憧れている。

女は井上雛乃《いのうえひなの》（21）。英雄の同輩。幼児体型にコンプレックスを抱いている。


「ついに【悟りの書】を手にする日がやってきた。【悟りの書】は俺を初心にかえし、自分がどういう人間なのか、その本質に気づかせてくれるだろう。それを知った時、俺はもう自分の気持ちを偽《いつわ》らない」

「ゲームのやりすぎよ。それとも、変な宗教にハマったんじゃないでしょうね」

「間もなく使者が現物を届けてくれる。その後で雛乃に伝えたいことがある」

「まさか勧誘？　それともマルチ？　どっちもお断りよ」

「大事な話なんだ」

いつになく真剣な顔つきで話す英雄に気圧《けお》され、雛乃は茶化《ちゃか》すのをやめた。

会話が途切れ、室内に居心地の悪い沈黙が続く。

高校時代から、彼らはなんだかんだで仲良くやってきた。

それでも二人は、今の関係を良しとは思っていない。

友達でいる時間が楽しくて。友達でいた時間が長すぎて。

二人はその先へ踏み出せないでいた。できることと言えば、時折会話の中でわざと〈友達〉を強調したりして、不器用に相手の出方を窺《うかが》うことくらいだった。

──しかし、そんなもどかしい関係は、今日終わりを告げる。

静寂を破ったのは英雄だった。

「何度も言おうと思った。なのに、いざとなったら足が竦《すく》み、関係のないことばかり口にしてはぐらかしていた。でも俺は【悟りの書】を手に入れる今日を境に変わる。そして賢者となり、自分の正直な気持ちを雛乃に打ち明ける。聞いてくれるか？」

「……いい……けど」

（それって、ほとんど告白したようなものじゃない。バカね……。たとえ子供っぽくても、賢者になんてならなくても、ヒーローに憧れる今の英雄で十分なのに）

雛乃は込み上げてくる想いを胸に秘め、その時を待つことにした。

「ところで、そんな大事な物、どうやって手に入れられるの？」

「大手通販サービス――Ａｍａｚ●ｎだ」

「一気にありがたみがなくなったわ」

「入手に至るまで、本当に長い道のりだった。今ではもう絶版になっているからな。計り知れない影響力を持った書物ゆえに、危険視した政府が回収に動いたんだ」

「頭、大丈夫？」

雛乃の心配をよそに、運命の時は、インターホンを鳴らす音と共にやってきた。

「来たかッ!!」

「わ、私はここで待ってるから、準備ができたら教えてね」

足をもつれさせながら玄関を開け、受け取った荷物の包装を破いて早速読みふける英雄の後ろ姿を見つめる雛乃は、初夜を前にシャワーを浴びでている彼氏を待つ時も、もしかしたらこんな気分になるのだろうかと考えた。

やがて英雄がぱたりと本を閉じ、雛乃は「いよいよだ」と思わず身を強張《こわば》らせた。

「雛乃、待たせたな。ようやく俺は自分の気持ちを認め、受け入れることができた」

「自分の気持ち。それって……私の事を……」

（嘘みたいな話だと思っていたのに、本当に悟りを開いて賢者になったのね）

「聞いてくれ。ずっと言えなかったことを、今ここで告白したい」

「ま、待って！　やっぱり心の準備が」

「待てない。ここまで高ぶった気持ちを抑えることなどできはしない」

「だけど……私なのよ？　ちんちくりんで寸胴《ずんどう》だし、胸だって全然ないし、女として全然魅力がない。そんな私なのよ？」

「雛乃はそのままでいい。いや、そのままがいいんだ」

英雄の真摯《しんし》な言葉が雛乃の胸を打った。

雛乃は感極まり、思わず一筋の涙をこぼした。

同時に、雛乃は英雄の言葉を受け止める覚悟を決めた。

そして自身に誓った。英雄の次は、自分の気持ちもちゃんと言葉にしようと。

指で涙を拭《ぬぐ》った雛乃は、この曖昧《あいまい》な関係に答えを出すべく続きを促した。

「聞かせて、英雄の気持ち」

「俺、やっぱりロリコンだったみたいだ」

瞬間、時が止まったように、場の空気も雛乃の表情も、何もかもが凍りついた。

雛乃としては、「ずっとお前のことが好きだった」的な台詞《せりふ》を期待していただけに、この告白は予想外すぎた。

雛乃は錆《さ》びついた機械のように首を動かし、英雄が大事に抱えている本に目を留めた。体操服姿でランドセルを背負った女児が表紙を飾っていた。

「え……何……【悟りの書】だったんじゃないの？」

「〈悟り〉という字を分解すると、〈小五ロリ〉になる。はっきりロリ専門書だと公言できない世の中だからな。その筋では【悟りの書】と隠語が使われている。この本のおかげで、俺は自分の性的嗜好を、今はっきりと自覚できた」

「そんな本で、どうして賢者になれるの？」

「男には、俗に言う賢者タイムというものがあってだな」

「あんたの玉を潰すわ。そうすれば、死ぬまで賢者でいられるわよね？」

「ま、待て！　早まるな。これは雛乃が考えているようないかがわしい本じゃない！

ただ、時代が存在を許さなかった。それだけのことなんだ」

「警察呼ぶ？　それか、とりあえず一個潰す？」

「ＯＫ、わかった。一旦《いったん》落ち着こう。小五とエロを安易に結びつけた発言は全面的に撤回しよう。少し問題があったようだ」

「少しどころか大問題だわ。政府が動いたのも納得よ」

「まずはどうして俺がロリコンになったのかを聞いてくれ」

「それがあんたの遺言にならないことを祈るわ」

「実際に幼女に手を出したら犯罪だが、俺はそんなことは絶対にしない。何故なら、か弱き存在を守るのは人として当然のことだからだ。できることなら、世界中の幼女をこの手で守りたい。俺はそれができる強い男になりたかった」

「それがロリコンになった理由？　あんた、ロリに何を求めているのよ」

「一言《ひとこと》で言うなら、〈穴〉だな」

「おまわりさん、こいつです!!　ここに犯罪者がいます!!」

「待て待て！　決して、入れる穴とか出す穴とか、エロい意味で言ったんじゃない。〈小五〉と〈エロ〉、ここへ新たに〈穴〉という要素を加えることにより、俺が憧れ、目指した最強の戦士が誕生するんだ。そう――〈悟空〉という名の」

「警察と一緒に救急車も呼ぶわね」

「待て待て待て、話せばわかる！　だから――……え？」

「なんなのよ……。いつからそんな変態になっちゃったのよ。あんたがなりたかったヒーローって、そんなのだったの。幼女限定のヒーローとか、わけわかんない……」

「……雛乃、泣いているのか？」

「泣くわよ。告白されると思って、一人で勝手に舞い上がって……私、馬鹿みたい」

はらはらと涙を流して自嘲《じちょう》していると、雛乃は不意に英雄に引き寄せられ、そして胸に抱きとめられた。

「すまない。順番を間違えたようだ。隠していた俺の恥ずかしい面を最初に見せて、それでもお前が受け入れてくれるなら。そう考えて、一番大事なことを後回しにしてしまった。お前に伝えたかったのは、俺の性的嗜好なんかじゃないのに」

そっと体が離され、次に雛乃が見たのは、大きく息を吸い込む英雄の姿だった。

「これが、お前に伝えたかった俺の本当の気持ちだッ!!」

高らかに叫んだ英雄が、突然床に両手をつき土下座――するのかと思いきや、勢いよく逆立ちした。その美しさは、さながらオス孔雀《くじゃく》が羽を広げて求愛するかの如く。

ただし人間がすると奇行以外の何物でもないので、雛乃には意味がわからなかった。

「………何ソレ？」

「わからないか？　俺の苗字、〈平本〉をローマ字にすると、〈Ｈｉｒａｍｏｔｏ〉となる。しかし今の俺は逆立ちしている。だから逆さ読みをしてみてくれ」

〈Ｈｉｒａｍｏｔｏ〉↓〈ｏｔｏｍａｒｉＨ〉

「お泊りエッチ――て、変態かッ!?」

「雛乃、俺と付き合ってくれ！」

「このタイミングで!?　あんた結局ロリコンなの!?　それともただのエロなの!?」

「ロリコンでエロだからこそ告白した。雛乃は見た目幼女だが、れっきとした大人。すなわち合法！　俺とお前が愛を育《はぐく》むことに、なんの（法律的）問題もない！」

「あんた、ぶっちゃけロリとエッチなことがしたいだけじゃないでしょうね!?」

「否定はしない！　俺はエロで、エッチがしたいスケベ野郎だ！　しかし〈ｅｒｏ〉

に〈H〉を足すことで〈Ｈｅｒｏ《ヒーロー》〉となる！　それこそが俺、まさしく英雄《ヒーロー》だ！」

「態度はカッコイイけど、あんたのヒーロー観は絶対間違ってる！」

「ちなみに〈雛乃〉もローマ字に直して逆さ読みすると――」

〈Ｈｉｎａｎｏ〉↓〈ｏｎａｎｉＨ〉

「――となる。いやいや、雛乃もエロいね」

「潰す！　絶対潰す!!」

「そして〈ｅｒｏｉｎｅ《エロいね》〉に〈H《エッチ》〉を足すと〈Ｈｅｒｏｉｎｅ《ヒロイン》〉となる！　つまり俺たちの相性はばっちりだ！　さあ雛乃、お前も自分を（衣類的な意味で）開放しろ！」

逆立ちしてちょうどいい位置にあった英雄の股間に、雛乃が鉄拳を叩き込んだ。

「んあっはああん!!」

「ひいいい、ぐにゃってした！」

「見た目幼女に股間を攻められるのって……なんか……あ、ああ……うっ」

「うっ、て何!?　ま、まさか……ぎ、ぎゃあああああ、おまわりさ――ん!!」

あまりの気持ち悪さに、雛乃は逃げるようにして部屋を飛び出した。

「……右の玉をぶたれたら、左の玉を差し出しなさい、か。ふふ……ばっちこい」

神の子の教えをも理解し、新しい自分に目覚めた英雄が、うわ言のように呟いた。

その表情は、まさしく悟りを開いた賢者だった。

野良市議会予算特別委員会　遠藤浅蜊

初出『5分で読める！　ひと駅ストーリー　冬の記憶　東口編』（宝島社文庫）

平成の大合併で、中核となる野良町《のらまち》が周辺市町村と合併したことによって「野良市」は誕生した。城下町だった野良町には元々尚武《しょうぶ》の気風があり、野良市にもそれは色濃く受け継がれた。市の中心となる市議会では「チャンバラ」と称される丁々発止の遣《や》り取りが期間中連日繰り広げられ、議員達は己《おの》が信念を賭《と》して市政のあるべきを論じ合っていた。

そして今日の議題はクリスマス定例企画。毎年多数の市民が心待ちにしているという野良市最大のビッグイベントである。無論あっさり終わるわけがない——否、終わらせるわけがない。市議会議員達は緊張の面持《おもも》ちで開会宣言を迎えた。

「ただ今より野良市議会予算特別委員会を開会いたします。前回に引き続き、第四号議案『平成二十六年度クリスマス定例企画』の審査を行います。最初に付託議案の審査、討論を行い、その後、採決に入ります」

まばらな拍手に対して小さく頷き、進行役は先を続けた。

「これより昨年のイベントに新しく提出された二案を加えて三案の中から一つを選出するための審査をします。審査時間を考慮し書記の朗読は省略させていただきます。それではA案からどうぞ」

促され、一人の議員が立ち上がった。丁寧《ていねい》に撫でつけられたオールバックと銀縁眼《め》鏡《がね》は見る者に神経質そうな印象を与えるが、彼が時として驚くほど大胆な発言をしてのけることは、市議会議員であれば誰しもが知っている。

「野良市議会無所属田中昇一《たなかしょういち》です。私が提案いたしますA案はサブカルチャーとのタイアップによる観光客誘致を主目的としています。今だけでなく二年後三年後の市政を見据え、B案と比較いたしましても予算面に配慮した構成となっております」

「では次、B案」

エリート然とした田中とは対照的な議員が立ち上がった。頭が禿げ上がった恰幅《かっぷく》の良い初老の男で、垣間見える自信からくる圧迫感と押し出しの良さがある。

「野良市議会日本憂国党山田譲太《やまだじょうた》です。私が推すB案は芸術性とメディア展開の二つを軸とした地域活性化案となっており、海外展開をも視野に入れています。『海外へ門戸を開く国際都市』を市是とし、海外に多数の姉妹都市を持つ野良市に相応《ふさわ》しいといえるのではないでしょうか」

対峙《たいじ》した二人を前にざわめく議員達。

(新進気鋭の若手と与党の大物が、一年で最大のビッグイベントを巡って対決か)

(目が離せない組み合わせになりましたね……)

田中は眼鏡の位置を整え、怜悧《れいり》に光る目を山田へと向けた。

「田中です。山田先生の提案されたB案ですが、海外展開を考えているからという理由を野良市の市是に絡めるのはいかにも苦しい。その点、野良市を舞台としている作品のイベントをクリスマスに催すのはごく自然ではないでしょうか」

「山田です。野良市を舞台とおっしゃられていましたが、それこそ苦しい。A案は作品の人気に拠る部分が大きい。果たしてイベントを開催してどれだけ人が集まるか。それに比べ、B案の骨子となる要素はすでに国民的人気を勝ち得ています」

「田中です。人気に寄りかかるのではなく一緒に作り上げてこそ意味があるのではないでしょうか。ただ便乗するだけで文化が醸成されるとは思えません」

「山田です。一緒に人気を作り上げるなんてお為《ため》ごかしのお題目で仲良く手を繋いで共倒れ？　それにいったいなんの意味がありましょうか」

　両者全く退《ひ》かず。じりじりと議員達の緊張感が増していく。

（山田先生、イベントに絡めてコンサートホールの大規模補修を考えているらしい）

（なるほど気合が違う。土建屋が実弾飛ばしてるって噂は案外本当かも……）

「山田先生は世間に受け入れられて大人気とおっしゃられるが、クリスマス定例企画の予算をご存じなんでしょうか。皆さん、お手元の資料をご覧ください。A案は単なる予算の比べあいというだけでなく、費用対効果が非常に高くなっております」

「A案の費用対効果につきましては『最も効果が大きく出た場合』を想定しています。それはもはや願望や希望を通り越して妄想に近いのではないでしょうか。先ほどから田中先生は予算予算としつこくおっしゃられていますが、B案もきちんと予算の範囲内に収まっています。なにも問題はありません」

「ほう、問題はないと」

「当然です。『デッドエンドプリティ48（以下DEP48）』が日本を代表するアイドルとして認知され数年の時が経過しました。日本のポップカルチャーをはじめとしたコンテンツ産業を中心に海外展開への支援を行うクールジャパン戦略の旗振り役として活動している彼女達こそが、国際都市を目指す野良市のクリスマスに相応しい。オリジナルのクリスマス曲はありますし、クリスマス絡みのカバー曲も数多い」

「ではお聞きします。山田先生は予算の範囲内に収めたと胸を張られているようですが、メンバー全員を招聘《しょうへい》するおつもりですか。そんな予算ありませんよね」

「む……」

「DEP48はその名の通り多数のメンバーによって構成されている。ギャラはピンキリ、安いのだけ呼べばそりゃ安く済みますとも」

「安いのとは無礼だろう！　取り消したまえ！」

「木端《こっぱ》アイドルでお茶を濁す必要などありません。皆さんご存知のように、野良市は今期放映されているアニメ『魔法忍者りっぷるちゃん』の舞台であるN市のモデルといわれております。これは原作者『ぺにー☆わいず』先生が野良市出身であるためでしょう。この僥倖《ぎょうこう》を『魔法忍者りっぷるちゃん出演声優によるクリスマストーク会』

によって活かすのです。りっぷるちゃんにはクリスマス限定サンタコスチュームも」

「木端アイドル呼ばわりしておいて、そっちこそ空気アニメじゃないか」

「無礼な！　りっぷるちゃん（CV：花乃川華菜《はなのがわかな》）に謝ってください！」

「空気を空気といってなにが悪いか」

「深夜アニメだからといって知名度が低いわけではないのですよ。クリスマスといえば子供が第一のイベント。りっぷるちゃんは従来のアニメファンだけでなく、高い小学生人気を獲得しています。その証拠として資料を用意しました。野良第三小学校で行われた『好きなアニメ』アンケートです」

（野良第三小って田中先生の奥さんがPTA会長してる学校じゃなかったか）

（三次嫁を二次嫁のために使うとはえげつない真似を……さすが若手議員筆頭）

「ご覧ください。見事りっぷるちゃんが一位の座に輝いております」

「捏造《ねつぞう》だ！　ポ○モンやプ○キュアを差し置き深夜枠が一位になるわけがない！」

「証拠も無しに捏造などと」

「ふん……アンケートならこちらも用意してある。DEP48がいかに世間へ浸透しているか、年齢性別に関係なく完全なランダムで市民から意見をいただきました。資料Bをご覧ください。知っているという回答が九割五分超、その中でも好感を抱いているという回答が六割を超え、まさに国民的アイドルといえましょう」

（なるほど、確かに知名度は高いな）

（ああ、テレビなんぞろくに見もしない俺でも名前を知ってるくらいだ）

「お待ちください。知名度だけで地域活性化には繋がりません」

「知名度が高ければファンも大勢訪れる。観光客は地域経済にとって最良のカンフル剤となる。繋がっているじゃないか」

「訪れるのがＤＥＰ48ファンに限られているというのが問題なのです。ＤＥＰ48ファンといえばＣＤの大量購入で知られている。これはＣＤに添付されている総選挙での投票権が欲しいためです。他にもグッズ等で支出の大半が占められ、普段はパンの耳を齧りながら生活している貧困者が少なくない」

「それだけＤＥＰ48に対して情熱を注いでいるのだ。部外者が口を出すな」

「問題としているのは彼らの情熱ではない。金が無い者をコンサートで集め、どう地域経済が活性するのだと問うているのです。グッズ、あとはせいぜい交通関係に金が落ちるくらいではありませんか。クリスマス商戦には無関係だ」

「……田中先生は声優ファンが金持ちだとでも？」

「アイドルの追っかけに比べれば資金力はあります。漫画、アニメ等に登場する舞台、もしくはモデルとなった場所を訪れるファンの行為は聖地巡礼と称され社会的にも認知され始めてきました。人気作ともなれば巡礼による経済効果は絶大といわれます」

趨勢《すうせい》が見えてきた。胸を張る田中に対し、苦々しい表情を隠そうともしない山田。議員達はじっと様子を窺う。

（確かに落とせるだけの金を持っているかどうかは盲点だった）

（経済面での見返りを期待して開催するのなら大きなポイントではあるな……）

今回の審査結果が市政の行く末を占うといっても過言ではないのだ。山田と田中もそれは充分に承知している。敗北は許されない。山田は逆転を狙うべく、田中は逃げ切りを目指し、論調は徐々にヒートアップしていく。

「しかしファンの良識という面でなら圧倒的にＤＥＰファンが勝っている。皆さん、お手元の資料Ｃをご覧ください。某人気声優が結婚を発表した際のネットにおけるファンの反応からいくつか抜粋しました。祝福が一割、呪詛《じゅそ》が九割という割合に」

「お待ちください！　こちらの資料にはＤＥＰ現リーダーが男性との交際をすっぱ抜かれた際にファンが呟いたtwitterでの発言がまとめてあります！」

「結婚という祝福すべきイベントをスキャンダルと一緒にするな！」

「スキャンダルを起こすようなふしだらで淫らなアイドルにクリスマスコンサートをさせるおつもりか！　聖夜を性夜にしてなんとする！」

「アイドルとて人間だ！　時には迷うこともある！　それを受け入れ、ともに成長し、時には導き、見守るのが真のファンではないか！」

「詭弁《きべん》だ！　異常な処女信仰はアイドルファンにこそある！」

「ファン活動の対象に膜がどうこうのたまう声優ファンがそれをいうか！」

（うーん……難しいことになったな）

（二次元か、それとも三次元か、と問われれば二次元を選びたいところではある）

（いや声優のトーク会ならアニメの方だって三次元……二次元半くらいか？）

議員達の反応も割れる中、議長が右手を挙げた。

「そろそろ時間ですが、よろしいですか」

まばらな拍手で肯定を示す議員達。

「それではこれで討議を打ち切りとさせていただきます。採決に入りますので皆様お手元のボタンで支持される案にご投票ください」

◇◇◇

こうして野良市議会特別予算委員会は幕を下ろした。田中と山田は議会終了後もおさまらず、居酒屋に場所を移して延々と議論を続け、最終的にはお互いの立場を理解し合い、固く握手を交わしていたという。なお平成二十六年度クリスマス定例企画は、圧倒的多数の賛成票により去年と同じくC案の素人のど自慢大会となった。

さらば愛しき書　森川楓子

初出『5分で読める！　ひと駅ストーリー　本の物語』（宝島社文庫）

立つ鳥跡を濁さず——とは、なんと美しい諺《ことわざ》だろう。私は常々、そのような生き方を心がけてきた。

職場でもレストランでも、立ち去った後が決して見苦しくないように。気高く、上品に、スマートに。誰からも「さすがは松平《まつだいら》さん」と感心されるような美しい印象を残して去りたいものだと、心を砕いてきた。

けれど——今、私は途方に暮れている。

人生最期にして究極の去り際、すなわち死を前にして、途轍《とてつ》もない恥辱《ちじょく》を残してゆかねばならないなんて。これほどの苦痛があるだろうか。

先月、私は突然の胸の痛みに襲われ、病院に急送された。心臓の疾患と診断され、次に発作が起きたら命が危ないとの宣告を受けた。

家族の反対を押し切り、入院を拒んだのには、さまざまな理由があった。やり残した仕事を仕上げたい、住み慣れた家で過ごしたい、家族との時間を持ちたい……。

綺麗事をいくつも並べたが、実は、最大の理由は蔵書だった。

難解な文学や専門書など、格調高い書物で埋め尽くされた私の本棚。その裏側に、誰にも知られず大事にしてきた秘密の書棚がある。

そこに収められた、数百冊の書——こつこつと買い集めてきた、超いかがわしい同人誌の数々。

これ残して死ねる!?

やだ、無理！　ぜったい無理ィィ――――！

私は部屋のドアに鍵をかけ、思案にくれている。

このようなエロ同人誌を大量に残したまま死ぬなんて、考えただけで心臓が止まりそうになっちゃう――やばい。まだ死ぬわけにはいかない。この恥辱の塊を、なんとかして処分してからでなければ！

私は、生真面目で清潔でストイックな人間だと周囲から思われてきた。友人知人ばかりか、家族だって、私の本当の姿を知らない。

人前では聖女のように振る舞ってきた私の本性が、まさかエッロエロ……しかもボーイズラブすなわち男同士のエッロエロを好む腐女子《ふじょし》だなんて……誰にも知られてなるものか……。

燃やしてしまおうかと思ったが、一冊二冊ならともかく、数百冊のエロ同人誌を燃やすとなると、絶対に人目につく。庭で焚《た》き火を装うにしても、無理がありすぎる。家族にのぞきこまれでもしたら、一巻の終わりだ。

廃品回収？　冗談じゃない。

軽トラで運んで山奥に不法投棄……という考えすら浮かんだが、冷静に考えたら私は運転免許を持っていないのだった。運転代行を頼んだりしたら、きっと不審がられ、運ぶ荷の中身を問われるに決まっている。

　こんな時、すべてを任せられるオタ友でもいれば心強いのだが、あいにく私にはそんな友は一人もいない。私は孤高のオタクであった。誰にも本性を知られることのない、誇り高き一匹狼であった。

　——いやー、そんなかっこつけてる場合じゃなくて！　どうしよ！

　マジ、どうしよ！


　私がこの世界にハマったきっかけは、たまたま手にした一冊のマンガだった。

　五年ほど前、若い女性を中心に爆発的なブームを巻き起こし、アニメ化もされた人気マンガ「嵐のカンツォーネ」……略称アラカン。

　内容は、クラシック音楽の世界を舞台に天才少年たちが競い合うという、スポ根を音楽に置き換えたような……まあ、大して目新しくもないものだったのだが、キャラクターの魅力が素晴らしかった。世間的に人気があったのは、当然、イケメンの主人公ピアニストとその幼なじみのバイオリニストだったのだが……。

　私がズキュンときたのは、脇役の二人だった。デブで陰気で泣き虫のクラリネット奏者（十二歳）と、ヒステリックでバツイチでコンプレックスの塊の音大教授（五十九歳）……この二人の、陰湿にして幼稚、悲劇的にして喜劇的、すれ違いまくりの関係に、私は魂を撃ちぬかれてしまったのだ。

初めての経験だった。原作に描かれてもいないキャラクターの恋愛関係、肉体関係を妄想するなんて。しかも、これまで私が親しんできた格調高い文学の世界とはかけ離れた、低劣なマンガごときで……。

しかし、一度燃え上がってしまった炎は消せない。滾《たぎ》る妄想を持て余すうちに、私はふとしたことから「二次創作」なるものがこの世に存在することを知り、インターネットを使ってその世界に踏みこんでしまった。

同人界は、イケメンカップリングが花盛りで、私がキュンキュンするデブショタ×大学教授のエロい本などあるはずもなかった。

やはり、私は孤高なのだ。私と趣味を共有する同志などどこの世に存在するはずがないのだ……と諦めかけた、まさにその時。

私は出会ってしまったのだ。私の神、夢咲《ゆめさき》ヒカル先生に――！

先生の同人誌を知ったのは、やはりネットの恩恵による。キャラ名を検索してネットの海を彷徨《さまよ》ううちに、とある同人専門書店の通販サイトに辿《たど》り着いたのだ。

同人誌即売会などにはもちろん足を運ぶ勇気がなかったが、通販なら気が楽だ。試しに一冊取り寄せてみて、私はたちまち先生の虜《とりこ》になった。

夢咲ヒカル。もちろん、筆名だろう。年齢も素性もわからない、一介の同人作家。

彼女は、私とまったく同じ嗜好《しこう》をもつ天才だった。悪魔的なまでに耽美な筆致で描写される、香気漂う性交描写のエロさときたら、もう！　やばい！　思い出しただけで滾るぅぅぅ――！

……それまでに先生が出されていた二十冊余りのデブショタ×教授本を一気買いし、あまりの感動に、感想メールを送った。素性を知られるのは恥ずかしいから、人格を偽装して……「十八歳の女子大生ですぅ〜！　先生の小説、ちょー良かった〜！」……的な、無理矢理感あふれるハイテンションなメールを送ってみたら……。

思いがけないことに、先生から優しい返事をいただいた。先生も、ご自分のマイナーな趣味を持て余し、どうせ読者などいないと自虐しながら作品を書かれていたということだった。

夢咲先生と熱いメールをかわし、デブショタ×教授の魅力を語り合い、同志を増やそうと誓い合い（これは結局果たせなかったけれど）……いつしか私は、先生以外のエロ同人も買い漁る立派なオタクに成長していた。

欲にまかせて、さまざまな傾向の同人誌に手を出してはみたけれど……今も、私が本当に愛するのは夢咲先生の本だけ。

数百冊の同人誌を集めても、私の神はやっぱり夢咲先生……。

気がついたら、本の処分に頭を悩ませていたことなんてすっかり忘れて、私は同人誌に読み耽《ふけ》っていた。もう何千回となく読み返した本なのに、未だにときめきが止まらない。夢咲先生が紡《つむ》ぎ出すエロは、人類史上に残すべき至上のエロ……。

本を閉じてふっとため息をついた瞬間、私は決意を固めた。

私にこれほどの感動を与えてくれ、深遠なる世界への扉を開いてくれた同人誌を処分しようなんて……私は、なんて恐ろしい、恥知らずなことを考えていたのだろう！

性癖を知られることぐらい、何だというのだ。どうせ私はこの世を去るのだ。真実を知った家族はショックを受けるだろうが、構いはしない。私にとっては、家族なんかよりエロ同人誌のほうがよっぽど大事だ！

感極まって同人誌を胸に抱いた瞬間、私は激しい発作に襲われた。

――私は死ぬ。愛するエロ本を胸に抱きながら。

死の恐怖も、後に遺すものへの懸念も、もはやなかった。安らかに、満たされた気持ちで、私は天に召されゆく……。

＊　＊　＊

○月×日、フランス現代文学研究の第一人者として知られる松平ふさ子氏が心筋梗塞のため亡くなった。享年八十六歳。故人の遺志により、葬儀は身内だけで行われた。松平氏は約六十年にわたり仏文学の研究に力を注いできた文学者。その著書は国内外で高く評価され、数々の栄誉ある賞を受賞している。
氏が学部長を務めたことのあるT大学文学部では、氏の業績を讃え、松平ふさ子記念館を建造することを発表。二万冊を越える貴重な蔵書コレクションも収蔵される予定だという。

なお、遺族は、氏が最後まで愛読していた蔵書の一部を、棺に入れ荼毘《だび》に付したことを明らかにした。書名は公表されていないが、関係者は、貴重な原書等も含まれていたかもしれないとして、残念がっている。

＊　＊　＊

……お母さん。

いや、松平先生と呼ぶべきでしょうか。あなたは常に僕にとって母というより師であり、近寄りがたい文学者でした。

あなたの死は、家族に深い悲しみと、天地がひっくり返るほどの衝撃を同時に与えました。嫁も娘たちも「悪夢だ」「恥だ」と嘆き、あなたの遺影に罵倒を浴びせています。謹厳実直にして優美高妙、誰からも尊敬される聖母のようであったあなたが……まさか、あれほどの、その……あれを隠し持っていたなんて。

お母さん。僕の受けた衝撃がわかりますか。

まさか……まさか僕と熱いメールをかわしあった「桜ヶ丘☆キラ」ちゃんの正体がお母さんだったなんて！

そうとわかっていれば、僕は家族に隠れてこそこそエロ同人を作ることなんてなかった。家族が寝静まるのを待ってから、珠玉のエロ表現を求めて煩悶《はんもん》することもなかったのです。妻や娘に蔑《さげす》まれようとも、お母さんと正々堂々と語り合いたかった……。

いや、違いますね。僕らの趣味は、嫁や娘たちのような俗人に理解されなくていい。めくるめく萌えの世界を共有できる者だけが分かち合えれば。これで良かったのですね、お母さん……。

……しかし、一言《ひとこと》言いたい。僕らはなんと似たもの母子だったのでしょうか。

最盛期には二千を超えるサークルが活動していたといわれる「アラカン」二次創作界において、デブショタ×教授萌えサークルは僕だけ。読者はお母さんだけでした。

……ニッチすぎです。お母さん……。

選ばれし勇者　柊サナカ

初出『５分で読める！　ひと駅ストーリー　本の物語』（宝島社文庫）

　踏切内で電車と車が接触するという事故があったため電車がストップしており、会社帰りの俺は、ホームの椅子に座って電車の復旧を待っていた。結構な時間がかかっている。スマホを眺めるのにも飽きて、足元に置いた鞄《かばん》にしまった。何気なく辺りを見回したら、隣の女と目が合った。二十代半ばくらい、なかなか可愛らしい顔をしている。女は「電車、来ないですね」と言って控えめに笑った。

　女に全く縁のないまま四十になろうとしている俺は、若くてなんかもういろいろ柔らかそうで、顔も可愛く、しかも俺に話しかけてきたというその事実だけで、もうこれは運命じゃないのかと思ったが、顔には出さぬようにして黙った。

「こっち方面なんですか」「ええまあ」「小宮島《こみやじま》駅あたりですか」「いや大用《だいよう》駅です」

　俺が言うと女がぱっと顔を輝かせた。

「嘘！　私も同じなんですよ。北口ですか南口ですか」

「ええ本当に？　あの業務用スーパーがある辺りのマンションなんだけど」

「ちょっと待ってくださいよ、もしかしてわたしと同じマンションかも」

「リバーサイド河瀬《かわせ》山《やま》？」

　女はきゃあ、と言った。「私も！　嘘みたい。奇遇、私一階です」

「俺十三階。１３０５」

「ご近所さんだったんだ！」女が急に身体を近づけてきた。いい匂いがする。

「一人暮らしなんですか」「ええまあ」「私も」と女が笑う。「ねえ、よかったら一緒にタクシーで帰りません？」

その時、女のスマホが鳴った。うん、うん、わかったー、と言って電話を切る。

「今日はこの近くの従妹が泊めてくれるから、今からおいでって」「そうですか」

「でもご近所さんだからまた会えそうですね」ふふ、と女が笑う。

「あっそうだ。暇だったらこの本よかったら。私もう読んじゃったから。いい暇つぶしになるかも」

女は言いながら本を差し出してきた。タイトルは、〝ゲームブックを君に〟とある。

「じゃあまたね、ご近所さん」女は手を振って階段を下りていった。女の姿が完全に見えなくなってから、俺はメロメロくにゃくにゃになり椅子の背に凭《もた》れた。これがモテ期なのか、これが。もしかして偶然というか、まあ一階の階段付近で二十四時間三日くらい張り込みしていて、女が通りかかったら「あ、この前は本ありがとう、面白かったよ。よかったらお礼に俺の部屋で何か御馳走するよ、俺フレンチ得意なんだ」みたいな展開を頭に思い浮かべ、また電車遅延万歳と思った。

とりあえず本を手に取る。出版社はどこかと思ったが、自費出版物なのか表示がない。白い表紙にただそっけなく、ゲームブックを君に、と書いてある。

最初のページをめくるとこんなことが書いてあった。

◆

この本は魔法書、現実世界に作用を及ぼす。おお選ばれし勇者よ、ページをめくる勇気のある者のみこの先を読み進め。君の健闘を祈ろう——

とある。俺は昔よくやったゲームブックを思い出し、懐かしくなった。近年は、家庭用ゲーム機やスマホのアプリなどがすっかり普及したせいか、ゲームブックをあまり本屋で目にしない。ゲームブックとは、選択肢に従って該当する番号に飛んだり戻ったりして、読者が選ぶ選択肢によってどんどん物語が変化していくというものだ。女は若いというのに、ゲームブックなんて渋いなと、また俺の中で女の株が上がった。

「そう、なれ初《そ》めは一冊のゲームブックだったのです」と、結婚式で司会者が言い、暖かい拍手を受ける俺たちの姿が目に浮かぶ。

物語は愛馬を失い、冒険途中で足止めを食《くら》っていた勇者が、美しい女魔法使いに出会い、ある魔法書を受け取るところから始まる。

ページを開くと、鍵《かぎ》の絵があった。その隣に何か書いてある。

◆

勇者よ、そなたに一番縁の深い鍵を持て、鍵はつねにそなたと共にあるそなたの化身。そのものの属性を表す。鍵の山は強さ、くぼみは賢さを表すものとする。

おっ、ゲームブックに鍵を使うとは珍しいと思った。大体のゲームブックは、サイコロやめくったページの数で闘いの勝敗が決まったりする。鍵を使うというのは、サイコロを持っていない人にも楽しめ、ページ数も少ないというこのゲームブックの苦肉の策らしい。電車もいつ来るかわからないし、暇つぶしにはちょうど良い。俺は一番縁の深い鍵と言えば何だろう、と少し考え、家の鍵を取り出した。鍵の形などじっくり眺めたことも無かったが、まじまじと眺めると、確かに鍵には山とくぼみがある。俺の鍵は山が三つ、くぼみが五つだったので、魔法闘士に相当するらしい。魔術も闘いもいけるいかにも有能な響きに満足しながらページをめくる。

◆1

君の目の前には二つの扉がある。女魔法使いは君に言う。「私は右の扉を開けた方がいいと思うわ、左は何かよくない予感がするの」右の扉は古びており、左の扉は錆びひとつなく新しい。

・右の扉を開く→◆45へ

・左の扉を開く↓◆88へ
・引き返す↓◆80へ
とある。俺は少し迷ったが女魔法使いの意見を尊重して、右の扉を開くことにした。
◆45に進む

◆45
扉の向こうは暗かったが、目が慣れるにしたがって何かが見えてきた。薄く光る明かりが八つ。「大変！」女魔法使いが君の背中に隠れた。そこは魔物の巣だったのだ。
・拳を使う↓◆83へ
・魔法を唱える↓◆95へ
・逃げる↓◆42へ

俺は喧嘩なんて、つかみ合いだってただの一回もしたことがないほど繊細なのだが、今の俺は魔法闘士なので迷いなく拳を振うことにする。隣に座る男が、俺が何をそんなに熱心に読んでいるのか気になったのか、横目で覗いているようだったが、気にもならない。早く続きを、と思いページをめくる。

◆83

部屋に潜んでいたもの、それは牛ほどの大きさの蜘蛛《くも》だった。感情のない八つの目が君たちを捉《とら》えると、暴れ牛のように脚で威嚇《いかく》しはじめた。部屋が揺れるほどの轟《ごう》音《おん》！　舞い上がる土埃《つちぼこり》！　君は女魔法使いを背中に庇《かば》い、拳を固めた。月のパワーにより君の強さは変わる。君の生まれ月の数字を、鍵の山に足した数が君の強さだ。鬼蜘蛛の攻撃！　君の強さは一ポイント削《そ》がれた。

・鍵の山の数と生まれ月を足して、その数から1を引くこと→その数へ

俺はいつしか童心に帰り、ゲームブックに没頭していた。闘いの度《たび》に、鍵のくぼみや山を数え、その数に電話番号の下二ケタや生まれた日の数などを足したり引いたりかけたりして敵を倒す。戦闘はしょっちゅうなので、いちいち鍵を鞄にしまうのも面倒になり、その辺に鍵を置き俺はページをめくる。俺は女魔法使いと協力して強敵を倒していき、窮地に陥るたび、何度もお互いを助け合った。しだいに惹かれあう二人。

しかし——俺は物語の終盤ではたと手を止めた。

◆100

「ごめんね、私が闇王の遣《つか》いなの」そう言って女魔法使いが君を岩陰に突き飛ばす。

その途端、部屋から放たれた無数の槍が、女魔法使いをめがけ襲った。躱《かわ》しきれず、一本の長い槍が彼女の身体を背中から刺し貫いた。「あなたを、最後に、守れて良かった、これで王宮への道は続くから」君は叫ぶ。「俺を残して行かないでくれ」「ありがとう。ごめんね、私はあなたが」彼女の身体は君の腕の中で光る灰となった。

・奥へ進む→◆114へ

・そのまま部屋にとどまる→◆118へ

◆118

俺は冒険のパートナーをとつぜん喪《うしな》った衝撃に、四十男だということも忘れ呆然《ぼうぜん》となった。最初はつんけんしていた彼女だったが、しだいに態度が柔らかくなっていき、ふと見せるようになった照れた仕草《しぐさ》を思い出す。電車はいつのまにか復旧していたが、乗り込む気にもなれず、俺は椅子に座ったままでいた。俺はそのまま部屋にとどまるを選んだ。少しでも彼女のそばにいてやりたかったのだ。

物語はこれにて終了です。

巻末には一行、こうあった。

この書物は真の魔法書、そなたの運命に必ずや変化をもたらすであろう。

あれ、と思い俺はページを戻った。落丁《らくちょう》だと思ったのだ。話の筋が繋がらない。ページを戻り、結局どの選択肢を選んでもその◆118に繋がることを確認する。なんだこれは。話の筋としても滅茶苦茶だし、一生懸命読んできた時間と労力を返せと言いたかった。まあ、あの女の子に返す時には、「面白かったよ、もしよかったら君の部屋で他のゲームブックコレクションも見せてほしいな」などと言ってみようと思いながら俺は帰途についた。

俺は駆けつけた警察官にことのあらましを説明しながら、滅茶苦茶に荒らされた部屋の真ん中で立っていた。俺がゲームブックに夢中になっている間に、隣の椅子から手を伸ばし鍵を型どり、鞄の中の財布からカードを抜いた奴がいる。女も一味だ。型から鍵を複製して俺の部屋に直行、ありとあらゆる金目のものを奪い、おまけに暗証番号を誕生日にしていたのでカードから有り金ほとんどを抜き去るという徹底ぶりだった。

巻末の一行が思い起こされる。確かにこの本は運命を変えた。

泥棒に選ばれし勇者——俺は大きく、溜め息をついた。

聖夜にジングルベルが鳴り響く　木野裕喜

初出『5分で読める！　ひと駅ストーリー　冬の記憶　西口編』（宝島社文庫）

「はぁ～……緊張してきました」

「もっとリラックスして。今回は私の仕事を見ているだけでいいからね」

僕たち二人を乗せたソリをトナカイが牽《ひ》き、シャンシャンと耳に心地良い鈴の音《ね》を奏《かな》でて夜空を翔《か》ける。また、下界から流れてくるジングルベルの曲は、今日という日がクリスマス・イブであることを強く意識させた。

今から二百年近い昔、クレメント・クラーク・ムーアというニューヨークの神学者が創設した【サンタクロース育成協会】。隣で手綱《たづな》を握るジョージ山本《やまもと》さん（32）はその第一七〇期卒業生で、もう十年以上サンタを務めるベテランだ。僕はというと、まだ研修を終えたばかりの新米。これが初陣《ういじん》となるため、この落ち着かない気持ちはどうにもならない。

「勉強させていただきます。何か気をつけておくことはありますか？」

「そうだねえ。研修で聞き飽きているだろうけど、この仕事は極秘任務だから一般人には絶対にサンタの存在を知られちゃいけない。サンタの姿を見られてもいけない。気をつけるとしたら、これだけかな」

理由としては、サンタの存在が表沙汰になると、社会に混乱を招きかねないとか、今後の活動に支障を来《きた》すとか。サンタは基本、UMA《未確認生物》的扱いなのだ。

「そういえば、出発前に先輩たちで担当地区を決めていたみたいですけど、こういうのって毎年変わるものなんですか」

「まあね。私たちがこれから行くA地区は特に人気で、いつも競争率が高くてねえ」

地区によって、配達にかかる労力が違うということだろうか。ジョージさんの表情が仕事モードに変わったため、僕は理由を尋ねる機会を逃してしまった。

「さあ、行こう。ジングルベルが鳴り止まぬうちに」

ジョージさんのキメ台詞《せりふ》でソリのスピードが上がり、僕は気持ちを奮《ふる》い立たせた。

プレゼント配布対象の子供が住む民家の屋根にトナカイを待機させ、ジョージさんがちょちょいっと、公《おおやけ》にはできない方法で窓の鍵を開ける。

子供部屋には、十歳くらいの男の子が一人、スヤスヤと寝息をたてていた。

「メリークリスマス。良い子にしていたら、また来年も来るからね」

子供を起こしてしまわないよう、囁《ささや》くような優しい声でジョージさんが告げ、枕元にそっとプレゼントを置いておく。

「配達先はまだ何件もあるからね。のんびりはしていられないよ」

それから何人もの子供たちのもとを訪れ、僕たちの疲れもピークに達してきた頃、トナカイを走らせるジョージさんが自分の頬をパチンと叩いた。

「どうしました？」

「気を引き締め直したんだよ。次の家には、ある特別な子供が住んでいるからね」

「特別？　それって、イエスキリストや大天使の生まれ変わりとか、そういう？」

ジョージさんは、チッチッ、と人差し指を唇の前で往復させた。

「何を隠そう、かの有名なアイドルユニット、《かかって恋☆》の中でも№・1人気の福富恵美《ふくとみえみ》ちゃん（13）が住んでいるんだよ！」

さも誇らしげに、そして己《おのれ》の幸運を自慢するようにジョージさんは胸を張った。

《かかって恋☆》――ギャルゲーのタイトルかと思われそうなこのグループは、十代前半の少女たちで構成され、その活動は、芸能から被災地ボランティアまで幅広く、国民的な支持を得ている。

「……もしかして、A地区の競争率が高いのって、それが理由なんですか？」

「その通り。N地区の担当になったエンリケ斉藤《さいとう》（31）なんて、泣いて悔しがっていたでしょ。はは、彼、私と同期なんだけど、彼も恵美ちゃんの熱狂的なファンでさ。ま、今回は私に運が向いていたってことかな。でもN地区にだって、№・2人気の白《しら》井奈菜《いなな》ちゃん（14）の家があるし、彼だってかなり運がいい方だよね」

「あの……お言葉ですけど、僕たちはサンタという立場である以上、子供に夢を配るという一点にのみ従事するべきで、そういう浮《うわ》ついた気持ちを持つのは……」

「ふむ。君は有望だけど、考え方が若すぎるね。サンタの仕事は子供に夢を与えることだ。だからこそ我々はその見本となるべく、誰よりも柔軟な思考と子供の心を持つべきなんじゃないかな。ちなみにサンタ協会内でのアンケート結果だとね――」

《サンタになってよかったと思えることベスト5》

1位　女の子の部屋に入り、あどけない寝姿を観賞してしまう背徳感。

2位　一日でがっぽり高収入。充実した厚生年金。

3位　見つかってはいけないという、メタルギア的なスリルと興奮。

4位　最高速度はマッハ2。一家に一頭、自家用トナカイ。

5位　住所が変更されていたり、子供が夜更《よふ》かしして一晩中起きていたりしてプレゼントを渡せなかった場合、そのプレゼントを貰うことができる。

「2位はちょっと童心から離れてしまっているけど、こんなご時世だからね」

サンタ、フリーダムすぎるだろ……。

「いずれ君にも、プレゼントを配る以外でもサンタの喜びを見出《みいだ》せる日が来るさ」

「見出したらまずいのでは……」

「さ、そんなことより恵美ちゃんのお宅に到着だ。いざ行かん、私たちの楽園《エルサレム》へ」

うきうきした足取りで、ジョージさんが所要時間二秒で開錠した部屋の中へと足を踏み入れる。僕は若干の後ろめたさを残しつつも、ジョージさんに続いた。

「キタ――――ッ!!（小声）恵美ちゃん発見テラカワユス、寝顔マジ天使!!（小声）」

無防備に眠る少女の前で興奮し、喜び悶える成人男性。完全にアウトな光景だ。

「後でエンリケに自慢してやろう。きっと血涙を流して悔しがるね。ぷぷ、ザマァ」

二人って、仲が悪いのかな。なんてことを考えたその時――。

「おや？　エンリケからメールだ。なんだろう」

《ジョージ、聞いてくれよ！　N地区の奈菜ちゃん、この季節にパジャマの下を穿かずに寝てるんですけど!?　おパンツが見えちゃってるんだけど!?　やばくない!?　ねえねぇ、今どんな気持ち？　ねえ。悔しい？　悔しいよね？　プギャーm9(^Д^)》

やっぱりこの二人、相当仲が悪いようだ。

「ジョージさん、気を落とさないでくださ……うわ……」

メールを読んだジョージさんは、悔しさのあまり血の涙を流していた。

「……んぅ……だぁれ……？」

「ハッ、いけない！　少女が目を覚ましました！」

「心配無用。こんな時の対処法も抜かりはないよ」

さすがはベテランサンタ。不測の事態が起こっても臨機応変に対応できる。

「秘技・SSS《サンタステルススキル》発動！」

瞬時にジョージさんの体が薄れ、その存在が極めて希薄になった。

この技は、サンタが五年もの長い修業を経た末に習得できる技で、全SP《サンタパワー》の消費と引き換えに、一日一回だけ使用が可能という奥の手だ。

「て、ジョージさん!?　見習いの僕はまだそんな技使えないんですけど!?」

僕は咄嗟《とっさ》に床に伏せ、ベッドの陰に身を潜めた。主よ……どうか御慈悲を……。

その願いが届いたのか、しばらくすると、再び少女の寝息が聞こえ始めた。

「ふぅ、やれやれ。どうやらうまくいったようだね」

透明化を解除したジョージさんが、額に浮かんだ汗をハンカチで拭《ぬぐ》った。

「ジョージさん、いま僕のこと見捨てました？　見捨てましたよね？」

「ああいや、君なら自力でピンチを切り抜けられると――シッ、扉の外に気配が」

「――恵美？　話し声がするけど、まだ起きているの？」

そりゃ、こんなに騒いだら家族も様子を見に来ますよね。

「まずい、もうステルススキルは使えない」

「次やったらキレますよ」

「やむを得ない。君だけでも脱出するんだ」

「僕だけって、ジョージさんはどうするつもりですか？」

「私はSP《サンタパワー》を使い果たしてしまったせいで、逃げるだけの力が残っていない。ここに留まり、君が避難するまで時間を稼ぐ。サンタの正体も隠し通してみせるよ」

どうやって――。その言葉は、ジョージさんの次の行動で妨《さまた》げられた。

「最終奥義・サンタ脱衣《クロスアウト》！」

高らかに叫んだジョージさんが、身に着《つ》けていたサンタ衣装を一瞬で脱ぎ去った。

そうか。あれなら確かに変質者にしか見えないため、サンタだとはわからない。

ジョージさんは脱いだ衣装を僕に手渡し、窓の外へと押しやった。

「君はこれからのサンタ業界を背負って立つ若者だ。今は生きろ……」

「ま、待ってください、僕も一緒に。ジョージさん！　嫌だ、ジョージさああん！」

最後に目に焼きついたジョージさんの顔は穏やかで、とても神聖だった。

ジョージさんがカーテンを閉めた直後、娘の部屋に、トランクス一丁の変質者がいた現場を目撃した家人の悲鳴が、丑三《うしみ》つ時の夜空にこだました。

僕はジョージさんが捨て身で稼いでくれた時間で、外に待機させておいたトナカイを呼ぶことができた。そうして涙を飲み込み、後ろを振り返ることはしなかった。


あれから三年の月日が流れ、再び十二月二十四日がやって来た。

サンタ業界からいなくなってしまったジョージさん（住居侵入罪、猥褻物陳列罪で服役中）のことを思い出すと、今でも寂しさが込み上げる。だけど、ジョージさんの意志は僕が引き継いだ。彼の想いと一緒に、渡せなかった分までプレゼントをあの子に届けることは、ジョージさんに（社会的地位を）救われた僕が果たすべき務め。

そして今年、僕はA地区の担当になり、そのチャンスが回ってきた。

僕はそっと、恵美ちゃん（16）の寝所へと足を踏み入れた。

「んぅ……何……え？　キャアッ！」

おや、まだ寝入りばなだったのかな。いきなり起こしてしまった。これでは今年もプレゼントを渡せない。しかもこのままだと正体がバレてしまう。んー、仕方ない。

「あれ、その格好って、もしかして、サン――」

「――サンタ脱衣《クロスアウト》！」

「キ、キャアアアアアッ!!」

「僕はサンタなんかじゃないよー。ゾウさんだよー。ほらほら、よく見て。うへへ」

「ギャアアアアッ変態!!　お母さん、お母さああああん!!」

ジョージさん、あの日のアナタの雄姿から学んだ僕は、プレゼントを配る以外にもサンタの喜びを見出すことができるようになりました。

僕にとって、美少女から向けられる蔑視《べっし》と罵声《ばせい》は、何にも代え難《がた》い福音《ふくいん》。

「恵美ちゃん、良い子にしていたら、また来年も来るからね」

「イィィヤアアアアアアッ!!」

任務には失敗したが、僕の心は熱く燃えたぎっていた。

充実感を胸いっぱいに抱え、僕は再び聖夜の空へトナカイを走らせる。

「さあ、行こう。美少女たちの悲鳴《ジングルベル》が鳴り止まぬうちに」

マジ半端ねぇリア充研究記録　おかもと（仮）

初出『５分で読める！　ひと駅ストーリー　夏の記憶　西口編』（宝島社文庫）

七月二十日

これは私のフィールドワークに基づいて書かれたリア充の生活の記録である。厳密にはそうなる予定になっている。

今回、私はリア充のとある部族と接触し、ひと夏を彼らと過ごすことになった。彼らはリア充の部族の中でもかなり大きな集団で、普段は排他的であることで有名だった。部族の若者はみな肌が浅黒く、髪はその人物によってさまざまな色に染めている。体の一部分、耳や鼻および唇に穴をあけ輪っかを通している者もいる（それらの装飾はもしかしたら部族内での階級を示しているのかもしれない。今度訊《き》いてみようと思う）。その風体はおしなべてどこか恐ろしい。ゆえに私にもいくらかの不安もあったが、停滞しているリア充学会に、この研究が一石を投じると信じてやまない。科学の進歩こそが人類を豊かにするのだ。私はその科学に命を捧げている。

七月二十四日

部族が大きな移動を始めたので族長に尋ねたところ「今日はｗｗｗ近所の河原で打ち上げ花火あるんすよｗｗｗマジぱねぇっつうかもうマジぱねぇんでちょっぱねぇｗｗｗ」と彼は身振り手振りを加えて説明してくれた。どうやら近隣の部族が一堂に会する重要な集まりのようだった。なお、説明の必要はないかと思うがこの「ｗｗｗ」表記は、リア充に関する論文に多用される、リア充独特の発声を意味する。通常「ｗ ｗｗ」表記は大きな笑い声など彼らの発する奇声を意味している。

花火には実際かなり多数の部族が参加していた。これはおそらく彼ら独自の一種の儀式なのであろうと思う。「マジぱねぇっしょｗｗｗなにがぱねぇってぱねぇっしょｗｗｗ」と族長が空を指さして何か説明しようとしてくれたが、彼らの言葉を完全には理解していない私にはそれが何を意味するのか分からなかった。夜の空を指さしていたことから星の運行にかかわる何らかの宗教めいた思想があるのだろう。

八月一日

この日の夜、彼らは他の部族と合流し、河原で肉を焼いていた。「俺ｗｗｗ顔広いんでｗｗｗマジつれとか多すぎて困るｗｗｗぱねぇｗｗｗ」と族長は原始的な道具で肉を焼きながら笑う。確かに彼が「バーベキューｗｗｗやろうぜｗｗｗチョリィーッスｗｗｗ」と声をかけるだけで多くの部族が集まっていた。部族同士の派閥はない。

ところで学会の通説では彼らの知能は我々よりも劣るものとされているが「ぱねぇｗｗｗ」の発声の違いによるニュアンスだけで日常のほとんどのコミュニケーションを行っているところから、彼らが我々よりも複雑に発達した独特の言語感覚を持っていることがこの日よく分かった。彼らは一晩中火を囲み「ぱねぇｗｗｗ」と奇声をあげていた。翌日の跡地を調べるとそこかしこで生殖行為が行われた痕跡があった。彼らと私たちでは性的な行為に対する認識に大きな違いがあるようだ。彼らは性に対して非常に開放的であり、どこか牧歌的なものを感じさせる。

八月四日

いくつかの研究から明らかにされていたことだが、彼らはほとんど定住しない。遊牧民族に近い性質を持っていると思われる。昨日は河原で今日は海だ。かなりの長距離を移動している。彼らは海でもやはり奇声をあげたり泳いだり果物を棒で割ったりとじっとしていることがない。この夜、彼らは天幕で夜を過ごした。深夜、私の眠る天幕の外で族長と部族の若者が何か話している声が聞こえた。「ぱねぇ……マジぱねぇ……」「ぱねぇ……ぱねぇ？」「……ぱねぇ」と、ほぼ「ぱねぇ」だけで会話が行われており、私には彼らの言葉の意味をすべて理解することができなかった。かろうじて聞き取れた部分を、これまでに私が調べた手帳の記録と照合し、一部分だけ翻訳することに成功する。彼らはどうやら何らかの儀式について話し合っていたようだ。それと、「生贄《いけにえ》」。どうやら彼らは生贄を神にささげることで恩恵を得ることができるという実にプリミティブな思考を未だに保持しているようだ。

八月七日

信じられない。こんなことがあっていいのか。気持ちを落ち着けるためにも、明日、改めて今日のことを記録しようと思う。あれは現実だったのだろうか。いや、あれは間違いなく現実だ。とにかくリア充研究における大発見をした。だが同時に、これ以上この部族と行動を共にするのは危険な予感がする。予定では十月まで彼らと行動することになっていたが、早めに切り上げて国に帰った方がいいと思う。だが好奇心を抑えきれない。だがもしも――（消しゴムで消した後）――いや、やはり危険だ。早く家に帰ろう。本国の妻と娘に早く会いたい。この研究を発表すればきっと二人は私の元へ帰ってきてくれるはずだ。私の名前は歴史に刻まれるであろうし、もう貧乏学者ではなくなるだろう。二度と家族に負担をかけることもなくなるに決まっている！ 小さなアンジー、君はお父さんの顔を覚えているだろうか。

八月九日

まずいことになった。おかげで先日の出来事を記録するのが一日遅れてしまった。くそっ！　なぜ私が排他的で有名な彼らに共にひと夏を過ごすことを認められたのか、その意味が分かった！　まさか、そんな――（書き直した跡）――とにかく気を落ち着けるためにも、自分の仕事をしよう。八月七日の出来事を記録して誰かに伝えなければならない。あの日、部族の若者たちは族長と共に『クラブ』なるものへ出かけた。私も研究のために同行したいと頼んだのだが、断られた。彼らにとって大変神聖な行為であるそうだ。「ダチ以外連れて行けないｗｗｗマジｗｗｗ先輩超いかついしｗｗｗ」と族長は私に言う。しかし知的好奇心が抑えられず、私は彼らをつけた。それがいけなかった。いや、よかったのか？　とにかくそこで私は目撃してしまった。クラブはけたたましい音や激しい光、部族の若者が吸うたばこの煙や毒々しい色の酒で満ちていた。若者たちは「ぱねぇｗｗｗ」と叫びながら踊り狂っている。ここは彼らの神殿であり、踊りは神に捧げる物なのだろうと私は予想した。しかし違った。そこは、新たな仲間を生み出す場所だったのだ。広場の中央のステージに旅行者か、私のような研究者か、とにかく一人の人間が生きたまま磔《はりつけ》にされていた。族長が先輩と呼ぶ人物（おそらくリア充達の神官なのだろう）は、ああ神よお許しください、壺から取り出したムカデのような虫を、嫌がるその旅行客の耳にねじ込んだ。虫は耳の穴に入るとしゅるりと奥に入っていった。その瞬間、その人間の肌は一瞬にして浅黒くなり、髪は金髪になった。姿が変わると、彼は先輩と族長にハイタッチし「マジｗｗｗ半端なくぱねぇｗｗｗ」とにこやかに言う。私はすべてを理解した。リア充とは、あの虫に寄生された者たちの集まりだったのだ。寄生した生物を自殺に追いやったりする虫の話を聞いたことがある。きっとあの虫もそういった類《たぐい》のものに違いない！　私は恐ろしくなりクラブを抜け出した。だがその時、部族の若者に逃げ出す様子を見られた。そのことが族長に伝わり八月八日、昨日だ、私は部族の者たちに問答無用でとらえられた。こんなところでリア充にされてたまるか。私は隙を見て逃げ出した。そして山の中の木のうろに隠れた。いやだ、リア充になんてなりたくない、妻や娘に会わずに、こんな異郷の果てでリア充になど堕《お》ちたくない。

八月十日

もうおしまいだ。私はついにリア充達にとらえられ、クラブへ連れて行かれた。そしてあの虫をねじ込まれた。私の肌はすでに浅黒く変色し、髪も粘液状のもので固められたような感じがするし、色も落ち始めた。だが私は最後の力を振り絞り、心が失われるまでこの記録を続けようと思う。小さなアンジー、もう一度君の柔らかな頬を撫でたかった。半端《はんぱ》ではない無念さが私の心を締め付ける。

八月十一日

なんだか愉快な気分だ。この辺りの悪そうな奴らはみんな友達、的な気がしてならない。マジ、はんぱねぇ気分であった。俺、科学とかより、つれといる方が楽しいし。でもやべぇよ。このままじゃ妻と娘にあえねぇし。この檻《おり》から早く逃げ出さないとな。少しずつ俺――(消しゴムで消した跡)――私の心が毒されていくのが分かる。

八月十二日

ちょ、マジこれどんだけはんぱねぇの。マジ俺いつまでこのはんぱねぇ檻にはんぱねぇの? はんぱねぇ……。笑えてきた。ぱねぇ(笑)。夏終わっちゃうしｗｗｗ

はちがつじゅうさんにち

マジぱねぇｗｗｗなにがぱねぇってもうぱねぇしｗｗｗ俺、マジぱねぇｗｗｗ明日ｗｗｗなんか族長がｗｗｗ檻から出してくれるらしいしｗｗｗうけるｗｗｗ

八がつじゅう四にち

もう俺は、私はダメだ。ぱねぇ。でも、ぱねぇ、この記録が、ぱねぇ、いつか娘や妻に、ぱねぇ、届くことがあるかもしれない。ぱねぇ。娘のアンジー、妻のジェーン、私はいつも研究にかまけてばかりで、マジはんぱねぇ、君たちをないがしろにしていた。私が、ぱねぇ、このような冒険に出たのも、名を売れば、君たちが帰ってきてくれるかもしれないと思ったからだ。私はぱねぇ君たちを愛している。この記録がいつか君たちに届くことを祈っている。神様、どうか私の家族をお守りくださいぱねぇｗｗｗ

きょう

マジｗｗｗぱねぇｗｗｗ

※

十年後、父は現地で旅行者をナンパしているところを当局に発見され救出された。だが父はもはや見る影もないまでにリア充が進行していて、母や私の姿を見ても「マジｗｗｗぱねぇｗｗｗおねーさんたち超きれいなんですけどｗｗｗ」と鉄格子のついた病室で奇妙な動きを見せるばかりだった。ただときおり母がアップルパイを焼いて差し入れると、私の思い出の中の父の顔を彼は見せてくれることもある。

あの二十一世紀末に起きた恐ろしい核戦争と同時にどこからともなく発生したリア博士型爆心地拡充人種、通称リア充。人であって人ならざる者。何がそうさせるのか、彼らは二十一世紀の生活習慣のまま、現在の二十三世紀まで核に破壊された街で暮らしている。

父の記録からリア充が危険な存在であることが世界中に知れ渡り、各地でリア充の捕獲が進んでいる。治す方法はなく、殺すのは非人道的だという理由で、リア充たちは厳重に警備された病院に閉じ込められている。リア充のパンデミックだけは防がれたのだ。

今日も父は「マジぱねぇｗｗｗ空ｗｗｗ青いしｗｗｗ」と窓の向こうの空を見上げて叫んでいる。そんな父の姿にまだ慣れない母の背中をさすると私は立ち上がった。

「父さん、今日もアップルパイ、持ってきたよ」

父は夏の日差しの中、私たちの知る父の笑顔を見せる。だが、父が帰ってくることはないのだ。リア充たちが私たち家族を引き裂いた。もう元には戻らない。

「マジｗｗｗうめぇしこれｗｗｗぱねぇｗｗｗ」と満面の笑みでアップルパイを食べる父を正視できず、私は目元を手で覆った。そして思った。

リア充など、爆発してしまえばいいのだ、と。

全裸刑事《デカ》チャーリー　オシャレな股間!?　殺人事件　七尾与史

初出『もっとすごい！　10分間ミステリー』（宝島社文庫）

「いえ、もっと小さかったです」

クリニックの院長だという見田《みた》萬子《まんこ》は僕の描いたスケッチを見て首を横に振った。

僕は舌打ちを呑《の》み込んで消しゴムで線を消す。書き直しはこれで七度目だ。

「具体的にどのくらいの大きさなんでしょうか」

チャーリーが鋭い目つきで尋ねた。彼女はチャーリーの股間から目を逸《そ》らしつつも、どうも気になって会話に集中できない様子だ。

「『キノコの村』っていうお菓子をご存じかしら」

僕は笑みを浮かべながら頷《うなず》いた。『キノコの村』は明浄《めいじょう》製菓の定番商品である。傘がチョコで柄の部分がビスケットになっている。

「あれくらいです」

見田は恥ずかしそうに顔を俯《うつむ》かせて答えた。

「ちょ、ちょっと待ってください。そんなに小さかったんですか」

僕もチャーリーも身を乗り出して問い質《ただ》す。彼女は顔を上げるとキツツキのように何度も頷いた。僕は『キノコの村』をイメージして線を入れていく。陰影をつけて立体感を表現した。

「形はだいたい合ってると思いますが……もう少し頭が大きくて、そのわりに茎《くき》の部分が細かったような気がします。それに……」

見田は絵を見て、小さく首を傾《かし》げながら言った。

「それに、何ですか」

「頭に触覚がついていました。かたつむりのような」

「しょ、触覚ですか!?」

「大きな瞳がマスコットキャラみたいで可愛かったわ」

とりあえず僕は彼女の言うとおりに修正する。大きな瞳はキラキラした光を描写してみた。

「そ、そうよ。こんな感じだったわ！」

彼女はスケッチブックを指さしながらその表情に確信を覗《のぞ》かせた。僕はチャーリーと顔を見合わせる。

「いくら何でも小さすぎやしませんかね」

僕はチャーリーに耳打ちをした。見田が不安そうに二人を見つめている。

「バカもん。七尾《ななお》、男の価値ってのは大きさで決まるもんじゃない。そいつの生き方だ」

「そりゃそうですけど。人を殺しているんですよ」

僕はスケッチを指先で叩《たた》きながら言った。見田は殺人現場を目撃した。そうなのだ。

この絵は殺人犯の似顔絵である。しかし従来の似顔絵とはまったく違う。ヌーディスト法が施行されて一年と半年が経つ。それにより日本は全裸生活が解禁となった。茶《ちゃ》理太郎《りたろう》ことチャーリーは僕の上司であり警視庁初の全裸刑事だ。そして世の中でもヌーディストが市民権を得つつある。当初珍しかった全裸姿も街でちらほら見かけるようになった。まだそのほとんどが男性である。そして最近の彼らはオシャレになってきているのだ。そのオシャレが警察の捜査にも影響している。法律施行前の目撃情報は目の下にほくろがあったとか目つきが悪かったなど、その多くは主に「顔」だった。しかし最近はもっぱら「股間」である。ヌーディストが股間にオシャレをするようになってから特に顕著《けんちょ》だ。「頭」に顔を描いたり触覚をつけてみたり、「茎」の部分にカラフルな服を着せてみたりする。自分たちの股間に女性の注目を集めようとする彼らの努力も功を奏しているようだ。最近では目撃情報の多くが股間に集中している。今回のように「触覚」「マスコットキャラみたいな瞳」は大きな特徴といえる。

必然的に似顔絵も顔ではなくなる。また書き手が必要になる。従来の書き手も勝手が違うのか上手く対応できないようだ。そもそもいまだに股間を直視できない者も少なくない。直視はチャーリーに鍛えられていたし、もともと絵心のある僕は似顔絵刑事として重宝されているというわけだ。ここ最近は目撃者の話を聞いて股間ばかり描いている。明後日は警察官向けの講習会で講師として登壇する予定だった。

「ったく！　メイクだのファッションだのとふざけやがって、全裸の風上にも置けないヤツらだ。スッピンこそが真のヌーディストだろうがっ！」

チャーリーが僕の描いた股間を眺めながら吐き捨てるように言った。彼は法律施行初日から全裸を決めているだけあってヌーディストのあり方にうるさい。一糸纏《まと》わぬ、生まれたままの姿こそ真のヌーディストなのだ。僕も彼とコンビを組まされて何度か全裸を余儀なくされたが、今でもこうしてスーツを纏っている。スーツは僕なりのポリシーだ。それを脱ぎ捨てるなど文明人を辞めるに等しい蛮行だと思う。

「もっともこんなチンケなイチモツではファッションでごまかしたくなるのも分からんではないがな」

チャーリーはそう言ってプッと噴き出す。彼は逞《たくま》しい尻を僕に向けてスックと立ち上がった。思わず視線が向いてしまったか、見田は手のひらで口を押さえて目を見開いている。こんな変態、二年前だったら現行犯逮捕されている。時代は変わったのだ。

僕たちは渋谷に最近オープンした股間ファッション専門店「ヌギッパ」に向かった。

「おい、七尾。この店は全裸客以外立ち入り禁止だ。今すぐ全部脱げ。服なんて虚飾だ。そんなものを着ているから真実が見えないんだ」

「マ、マジすか……」

たしかに貼り紙にはそう書いてある。僕は大きく深呼吸をして一気に脱いだ。チャーリーとコンビを組んでいるとこういうことはしょっちゅうだ。このクセになりそうな解放感が怖い。そのたびに「僕は文明人だ」と自分に言い聞かせる。

「ほぉ、『たけのこの山』くらいはあるな」

「うるさいっすよっ！」

全裸客で混雑している店に入ると、中は湿った熱気と酸っぱい臭いで満たされていた。店員全員に僕の描いた絵を見せる。

「この股間に見覚えはないですか」

チャーリーが店員一人一人に尋ねるも彼らは首を横に振った。さらに僕たちは客たちにも聞き込みの網を広げていく。

「ああ、このキャラクターの作風は……ソチンさんのイラストっすよ」

若者の一人が触覚に顔のついたイチモツを見て言った。なんでも「ソチンさん」とは中国出身の渋谷系イラストレーターとして注目を集め始めているという。

「ソチンか。名前にふさわしいイチモツだな」

チャーリーが冷笑する。

そんなわけで僕たちは同じ渋谷にあるソチンの仕事場に乗り込んだ。いかにも中華系の顔立ちの色白で貧相な男だった。髪を鶏冠のように立てて金色に染めている。しかし彼は全裸ではなかった。セーターにジーンズという文明人のいでたちだった。僕は恥ずかしくなって思わず両手で股間を隠した。スーツはいつの間にかチャーリーがどこかに処分してしまったらしい。

「あんたはヌーディストではないのか」

「え、いや、たまにです」

チャーリーが話を聞くとたしかに彼は事件当時現場近くにいたという。しかし殺人現場である事務所には立ち寄ってないしガイシャには会ってない、そもそもその夜は服を着ていたと主張した。かといってそれを証明する手立てもない。

「とにかく脱げ」

チャーリーは慣れた手つきで彼の服を脱がしにかかる。わずか十秒後には全裸になった。あまりに鮮やかな技術にソチンも目を丸くしている。彼の股間は僕の描いた絵とほぼ同じだった。かたつむりのような触覚と瞳のキラキラしたそれは彼の描くキャラクター「ティムポン」というらしい。まだホヤホヤの新作で未発表だという。僕は思わず「カワイイ」と漏らしてしまった。チャーリーはというと彼の股間を手にとって、ギラギラした目つきでじっくりとじっくりとじっくりと見つめている。

「うん？　なんだこのヌルヌルした感触は」

何を思ったのかいきなり彼はそれをペロリと舐《な》めた。

「ウホッ！」

ソチンが変な声を上げながら背中をのけぞらせる。僕はチャーリーのおぞましい行為に固まってしまった。

「あんたはいつもこれを塗っているのか」

「え、ええ。僕の考案したファッションです。これで『ティムポン』をアピールするつもりなんですよ。なかなか斬新でしょ」

チャーリーはソチンの股間から離れると首をフルフルと振りながら立ち上がった。

彼の服をゴミ箱に押し込むとそのまま部屋を出て行く。

「ちょ、ちょっと、チャーリーさん。今からどこへ行くんですか」

「いいからついてこい」

僕はチャーリーについていくしかなかった。その間、彼は本庁に電話をかけて何かを調べていた。いくつかの電車を乗り継いで向かった先はクリニックだった。「見田クリニック」。目撃者の経営するクリニックだ。診療もちょうど終わりだったようで院長である彼女がすぐに応対してくれた。

「犯人はあんただ。見田先生」

着席するなりチャーリーは院長を指さして告げた。予想外の展開に訳も分からず僕は声が出なかった。

「どういうことかしら？　何を根拠にそんなこと言うのよ」

見田はチャーリーに向ける視線を尖《とが》らせる。

「まず、あんなタマの小さいキノコ野郎に人を殺せるはずがない」

小さいにもほどがある。

「そんなこと分からないわよ。キノコにはキノコなりの殺意があるんじゃないの」

「そもそもある程度離れた所からそれも暗がりで、あんな小さなものが見えるはずがない。なのにあんたは詳細に覚えていた。それにやつはたしかに当時あの現場近くにいたが、服は着ていたそうだ。調べてみたがやつはあんたの患者。あんたは泌尿器科のドクター。やつの股間を知り尽くしている」

先ほど電話をかけて調べていたのはそのことだったのだ。

「そんなのそいつが嘘《うそ》をついているんだわ。それにあなたが何と言おうと見えたものは見えたのよ。私はルックスとスタイルと同様、視力もいいの」

見田は挑戦的な眼差しを刺してきた。

「見えたのは良しとしよう。しかしあんたは見えるべきものを見てないんだ。それは説明がつかない」

「何よ、見えるべきものって」

見田は小首を傾《かし》げた。その瞳に不安の色が浮かんだ。

「やつは自分の作品をアピールするためにある趣向を施した。もしあんたが本当に彼の股間を見たというのなら、それが見えてないのは明らかにおかしい」

「だからそれは何なのよ!?」

「蛍光塗料だ。やつは股間にそれを塗ってピンク色に光らせていた。暗がりで目撃しているなら光って見えたはずだ。しかしあんたはそのことに一言も触れてない」

見田はがっくりと肩を落とした。そして自分が殺して現場近くでたまたま姿を見かけた患者のソチンに罪を被せようとしたことをあっさりと白状した。

「俺の股間は騙《だま》せない」

チャーリーは股間と一緒にスックと立ち上がる。

彼の股間も、どこか誇らしげだった。

ブックよさらば　深町秋生

初出『5分で読める！　ひと駅ストーリー　本の物語』（宝島社文庫）

桐崎《きりさき》マヤは、真冬の仙台を裸足で走っていた。

冷えた海風に全身を切り刻まれる。痛みをもたらす風が一日中吹きつける。鼻水があふれ続け、耳が千切れそうだ。そんななか、彼女はTシャツとハーフパンツ姿だった。歩道をペタペタと音をたてて駆けている。

二月の夜中とあって、仙台駅付近であっても人気《ひとけ》は少ない。不幸中の幸いといえた。ヤクザやギャングも恐れる非情なナイフ使い〝切り裂きマヤ〟の、こんなみっともない姿を見られるわけにはいかない。通行人には当然ながら奇異な目で見られた。顔を隠したいが、フードも帽子もなかった。彼女の魂でもあるナイフさえも。

通行人から衣服を強奪すべきか。白い息を吐きながら考えた。きっと成功するだろう。抵抗するやつは殴ればいい。しかし、黙々と走り続けた。人からモノを奪い取るのには、けっこう時間がかかる。その間に〝ロイペ〟に撃ち殺されるのは目に見えていた。

呼吸がつらかった。それでも走るしかない。マヤにこんな屈辱を遭《あ》わせたのは、通称〝ロイヤルペニス・ブラザーズ〟という最低な名前の殺し屋どもだった。

二人組の若い双子《ふたご》で、八歳で養父母を絞殺したのをきっかけに、アウトロー人生を歩《あゆ》んでいる。十代半ばで極道を射殺し、殺し屋稼業に手を染めるようになった。

仕事を完遂《かんすい》するたびに、ダイヤなどの宝石をペニスに埋めることから、その名がついた。アホみたいな通称だが、拳銃の腕は確からしく、男根に埋めた宝石は二十を超えるという。病的なサディストで、民芸品のスリコギ棒のようなチンポコで、男女かまわず犯しまくる。ターゲットを楽に死なせず、下腹や太腿《ふともも》を撃ち、自慢の〝ロイヤルペニス〟で肛門や膣を抉《えぐ》ってからトドメを刺すという話だった。

走る速度が徐々に落ちる。肺が悲鳴を上げ、心臓が破裂しそうだ。国分町《こくぶんちょう》のマッサージ店から逃走し、いつの間にか駅前にたどりついた。直線距離にして一キロ程度ではあるが、あらゆる通りをジグザグに駆けたので、かなりの距離を走っている。

ロイペのクソタレどもに、マッサージを受けているところを急襲された。うとうとしている最中に、サプレッサー付きの拳銃でバカスカ撃ってきたのだ。無傷で逃げ切れたこと自体、奇跡というしかないが、ナイフを店に置きっぱなしにしてきた。

「ダメだ。限界。死ぬ。ちくしょう」

小さな書店の前で、脚が完全に止まった。書店のショーウィンドウに寄りかかり、足の裏を確かめた。逃走中は気づかなかったが、すっかり血にまみれている。古釘でも踏んだのか、ズタズタに皮膚が切れている。振り返ってみれば、道路にはマヤの血でできた足跡が残っていた。追ってくれとシグナルを出しているようなものだ。

決着をつけるしかない。なにか武器になるものは。すばやく目を走らせる。生ゴミの入った袋、豆粒程度の小石に、嘔吐物……そう都合よく落ちてはいない。

ショーウィンドウに並んだ本が目に入った。コミックや小説、自己啓発本などが飾られている。そのなかの一冊に、箱入りの高価そうな書籍があった。その横には著者で、新興宗教の教祖の本宮盛心《もとみやせいしん》が、勇ましく拳《こぶし》を振り上げている写真もあった。頭のおかしいカルト野郎だが、ふつうの書店にどっさり著書が入荷しているのを見ると、世の中はイカレていると思う。写真の本宮を睨みつける。

このクソ野郎。こんな目に遭うのは、やつの宗教団体〝慈愛の小径《こみち》〟のせいだった。なにせ殺し屋どもの雇い主なのだから。同団体はカルトの道を着々と歩んでいた。過去に世間を騒がせた団体と同じく終末論を唱え、他国による卑劣な軍事行動や核攻撃によって日本は滅亡すると、恐怖心を煽《あお》って人気を集めた。最近は地震や異常気象も取り入れている。とにかく本宮を信じる者のみが天国に行けるらしい。

マヤたちが、名取市《なとりし》にある慈愛の小径の道場を襲撃したのは五日前だった。国分町で飲食店を経営する実業家から泣いて頼まれたのだった。

実業家の妻が、慈愛の小径系のボランティア団体に入ったのが始まりだった。あれよあれよという間に本宮のファンになり、慈愛の小径が販売する霊気水、邪気を祓《はら》う空気清浄器、五百万円もの祭壇を次々と購入。実業家が止める間もなく、ついには五歳の息子を連れ、道場に合宿に行くと告げて家出した。警察に相談したが事態は前に進まない。実業家は荒療治を決心。話をマヤに持ちかけたのだ。家族を奪還するために。

マヤは二つ返事で承諾した。慈愛の小径はうっとうしい存在ではあった。連中は街の浄化活動を目論《もくろ》み、盛り場を我が物顔でパトロールしては、道を歩く外国人や少年少女らに因縁をつけた。マヤと対立するネオナチグループとも親密な関係にある。連中のおかげで、マヤの縄張りも荒らされている。そろそろ、街が誰のものなのかを思い知らせる必要があった。彼女はすばやく依頼を済ませた。道場には百人もの信者が寝泊まりしており、彼らを監視する用心棒がごろごろしていた。木刀を持った物騒な連中もいたが、マヤの悪名をよく知っていたのか、顔を見ただけで逃げていった。

実業家の妻は逃げ回ったが、彼女の腕に睡眠薬を注射し、息子も連れて道場を出た。信者たちは派手に騒いだが、通報はしなかった。連中は勢力を急激に伸ばしたが、トラブルだらけでもあり、警察の介入を嫌がった。家族を奪還した実業家は会社を他人に譲り、学者や精神医と協力して、洗脳を解《と》くために南国へ引っ越す予定だという。

五日前の仕事だったが、マヤの成果はまたたく間に知れ渡った。同団体と揉めているる家族たちの間で。これはうまいシノギになると確信したマヤは、慈愛の小路を今後もいじめるため、身体を揉んでもらうなど、英気を養っているところだった。

なんだって書店なのか。せめてレストランや居酒屋ならよかったのに。そこなら包丁もナイフもある。しかし待てよ。再び書店に目をやった。武器ならここにも――。

そのときだ。ホンダのバイクにまたがったロイペ兄弟が、排気音を轟《とどろ》かせながら南通りにやって来た。ふたりともノーヘルだ。双子だけあってツラはそっくりだった。極細の眉毛に、腫《は》れぼったい瞼、悪魔みたいに先端のとがった耳。顔も耳もピアスだらけだ。いじるのはチンポコだけじゃないらしい。ツラこそ似ているが、服装はそれぞれ違っている。ハンドルを握る弟の球児《きゅうじ》はキャップをかぶり、いかにも温かそうな羽毛《うもう》ジャケットを着用している。兄の好児《こうじ》は革ジャンだ。

タンデムシートの好児が笑いかけた。同時にマヤは地面に伏せる。サプレッサー付きの拳銃が火を噴いた。独特の発砲音が続き、ショーウィンドウが砕け落ち、ガラス片が降り注ぐ。名刺入れほどの大きな欠片《かけら》が落下し、マヤの背中の皮膚を切り裂いた。好児は手慣れた動作でマガジンを変えた。その仕草は余裕すら感じ取れ、狩りを楽しんでいるかのようだ。弟の球児は手袋をゆっくり取った。バカな通称と、いかれた変態趣味の持ち主でも、やはり場慣れはしているらしい。落ち着いている。

マヤはバッタのように跳んだ。ショーウィンドウから店内へと転がりこむ。なかは書店特有のインクと紙の香りがした。なつかしい匂いだ。彼女自身はめったに書店に寄らない。読みたい本があれば、手下に買いに行かせる。もっぱら自分で行くのはバイクショップや酒場、ナイフショップぐらいだ。店内はすでに閉店しており、非常灯だけが頼りだった。真夜中の仙台を駆けずり回ったおかげで、目は暗闇に慣れていた。

思わず声を漏らした。目の前にはマヤが楽しみにしている格闘技マンガの新刊があった。続きが出ていたら、すぐに買っておけと手下《てした》に指示しておいたのに――。

今はそれどころじゃない。ゴキブリのように床を這《は》い、雑誌コーナーへと移動する。殺し屋どもは懐中電灯を照らしながら、ショーウィンドウ経由で店内に侵入してきた。

「球児、どっちでやる」「ケツ。なかなかいいケツしてた。ヴァギナよりいい」

マヤは奥歯を噛みしめた。もう殺《や》った気でいやがる。薄い写真週刊誌を手に取り、ロール状に丸め、それをふたつに折り曲げた。長さ十五センチほどの硬い物体へと変える。ただの紙とはいえ、ギュウギュウに丸められた雑誌は、動物の骨並みの硬度を持つ。即席の棍棒《こんぼう》の出来上がりだ。これを教えてくれたのは、地下格闘技で意気投合したロシア人で、ウォッカを呑《の》みながら教えてくれた。元軍人だったその男は、ロシア発祥の軍隊格闘術である〝システマ〟の達人だった。俊敏かつ柔らかな動作でもって、刃物や銃を持った敵にも対抗できるように、白兵戦で生き残ることを目的とした武術だった。また日用品を使った護身術を披露してくれた。家の鍵や傘、丸めた新聞、ハードカバーの単行本、それらで喉や顔を打つ方法を。まさか役に立つ日が来るとは。

雑誌コーナーの横には新刊本が積まれてあった。たんと積まれた本宮盛心の箱入り豪華本に触れた。ぶっこんでやるのはこっちだ、バカヤロ。心のなかで毒づく。

相手は拳銃で武装しているが、通路は狭くて、書棚などの障害物が多い。懐中電灯が二手に分かれた。ひとりは店の奥へ。もうひとりはショーウィンドウのある歩道側に沿って歩んだ。マヤは奥へと這い、敵が来るのをじっと待った。

懐中電灯が一メートル以内に近づいた。すばやく立ち上がった。現れたのは弟のほうだ。マヤが現れても驚く様子はなく、拳銃を腹に向けてきた。その前に、即席棍棒と化した雑誌を右手首に振り下ろした。雑誌とは思えぬゴツい衝撃が手に伝わる。拳銃から弾が発射されたが、マヤの横を通り過ぎた。初めて球児が驚愕の表情を見せた。

そのツラめがけて往復ビンタのように、雑誌を左右に叩きつけた。球児の目が虚《うつ》ろになる。さらに鳩尾《みぞおち》を突いた。球児はうつ伏せに倒れる。マヤは裸足で後頭部を踏みつけた。鼻骨が砕けたのか、卵が砕けるような音がした。もうひとつの懐中電灯の光を探した。真後ろにいるとわかったとき、鈍い発砲音がした。下腹に衝撃が走った。片膝をついてうずくまる。弟を殴っている間に、兄のほうが狙いを定めていた。

「桐崎。てめえ、なんてことしてくれんだ。これじゃ3Pできねえじゃん」

マヤは下腹を押さえた。好児が近づく。「勝手にくたばるな。自慢のナニをぶちこんでやっから、よく味わって地獄に落ちろ」

「……とっとと殺せ」

好児は、穿いていたジーンズのジッパーを下ろした。男根を引っ張り出そうとする。

「傷口を見せてみな。おれは内臓《モツ》見ながら、レイプすんのが好きなんだ」

ナマコのようなペニスが現れた。マヤの右手がすばやく動いた。異物でデコボコだらけのペニスが、好児本人から切り離され、ボトリと床に落下した。「あれ、なんで?」

好児は事態を呑みこめずにいた。マヤの右手にはガラス片があった。彼女の背中を傷つけたショーウィンドウの欠片だ。ハーフパンツのポケットにしまっていた。

好児は血まみれの股間を押さえた。マヤは立ち上がって右手を一閃《いっせん》させ、喉笛を掻き切る。頸動脈《けいどうみゃく》を切断され、噴水みたいに血液が飛散し、書店の商品を濡らす。好児は白目を剝《む》いて、血の池へと沈んだ。マヤはガラス片を捨てた。強く握りしめたために掌《てのひら》をざっくり切ってしまった。もっとも、これで済めば安いものだ。

Tシャツをまくり、下腹に入れていた本宮の豪華本を取り出した。一冊を腹のなかにしまいこんでいたのが幸いした。豪華本には穴が開いていたが、箱から取り出してみると、潰れた弾頭がポロっとこぼれ落ちた。好児は評判どおりに下腹を撃ってきた。拳銃や弾の種類にもよるが、本来なら銃弾はやすやすと本を貫く。ただし、サプレッサーをつけたために弾の威力が下がったこと、弾頭の柔らかいホローポイント弾だったのが幸いした。それから頑丈な豪華本だったのも。表紙には教祖の本宮の顔がでかでかと載っている。その顔面を弾丸が貫いていた。ありがたい教祖さまだ。

球児の羽毛ジャケットを剝《は》ぎ取った。書店を出て、彼らのバイクにまたがる。マジで本宮にはお礼をしなきゃならない。

その算段を思い描きながら、マヤは仙台の道を走った。

死ぬか太るか　中山七里

初出『５分で読める！　ひと駅ストーリー　食の話』（宝島社文庫）

トーマス・エジソンのクソッタレめ！

ダニーは世紀の発明王を罵倒しながら朝食に取り掛かる。今日のメニューはミルクつきのコーン・フレークにマッシュポテト、パンひと切れとオレンジジュース。それらがプラスチック容器ひと皿に収められ、飲み物も紙パックなのは、食器を囚人の武器に転用させないための仕様だった。

コーン・フレークはトウモロコシの風味など微塵《みじん》もなく、厚手のトイレット・ペーパーを濡らしたような食感がする。マッシュポテトは芋《いも》の塊がごろごろ目立ち、パンはひたすら固く、そしてオレンジジュースは舌に重曹《じゅうそう》のような後味が残った。低カロリーでヘルシーな食事は世間の潮流らしいが、刑務所の中にまで持ち込まれるのは迷惑だ。

まあ、いい。どうせ味わうための食事ではない。生き長らえるための食事だ。ダニーは容器の中身を黙々と口に運んでいく。

「ダニー。頑張ってるじゃないか」

真横に座っていたマイケルが空になった容器に自分のマッシュポテトを盛りつける。

「よかったら食べてくれ」

「いいのか」

「ああ。お前の野望に一役買いたい」

すると隣の房のデピートも、目の前にパンを放って寄越した。

「ちょうど俺はダイエット中でな。どんな境遇にあってもチャレンジ精神は大切だ」

「ありがとよ」

それからも次々と囚人たちが残り物をテーブルの上に置いていってくれる。ダニーは一人一人に礼を言いながら、休む間もなく口の中に放り込んでいく。咀嚼《そしやく》は最小限に抑え、半ば飲み込むようにして食べる。喉に閊《つか》えたならジュースで押し流す。ダニーの背後を通り過ぎる囚人たちは、まるでショーを見物するかのようにその食事風景を愉《たの》しむ。今やダニーの食事は州立刑務所のレクリエーションと化した感がある。

「いけ、ダニー」

「掻き込め、ダニー」

囚人たちに囃《はや》し立てられながら、ダニーは黙々と食べ続ける。

食べる、飲む。食べる、飲む。途中で噎《む》せて涙が溢れたが、それでもまた食べる。最後は口一杯に頰張ったものを、無理やり両手で押し込んだ。

ダニーにとって食事とは人生の闘いそのものだった。

ダニー・ケラーマンがネブラスカ州立刑務所に収監されたのは二〇〇一年八月のことだ。街のコンビニエンス・ストアへ強盗に入り、レジ現金を奪ったまではよかったが（いや、別によくはないが）、抵抗した店員二名を射殺してしまった。運が悪かったのは店員が二人とも白人少年であったため、謀殺ではなかったが陪審員たちの非難を買ってしまったことだ。結果としてダニーの犯行は第一級殺人と認定され、死刑判決が下された。

ネブラスカ州は死刑執行の方法として唯一電気椅子を採用していた。囚人を椅子に固定し、二千ボルトの電圧を三分間流し続けると内臓が破壊される仕組みだ。そのためネブラスカ州立刑務所では、電気椅子の推進者であるエジソンが死神の代行者と蔑《さげす》まれていた。死刑判決を受けてからというもの、ダニーは毎晩悪夢に魘された。燃え上がる髪の毛、焼ける皮膚、沸騰する血液――いずれも空想ではない。近い将来、自分の身に降りかかる暴虐だ。確かにあのティーン二人は気の毒と言えば気の毒だった。しかし自分にも強盗をしなければならない深刻な理由があった。何故、陪審員たちにはそれが理解できないのだろう。自分だけは一生悪事に手を染めないという自信でもあるのだろうか。

ネブラスカ州立刑務所における死刑執行には、特に優先順位がない。犯行の残虐さ・年齢・人種に関わりなく収監された順番で粛々と執行されていく。従って、いつ執行人が自分の房の前に立つかという恐怖はない代わりに、殺される日を指折り数えながら待つ恐怖がある。その恐怖にダニーは押し潰されそうだった。

何とか執行を先延ばしにする方法はないものか——シャバにいた頃はタブロイド紙すら読もうとしなかったダニーは、刑務所内の図書館にその解答を求め、そして偶然目にしたのが『電気椅子の歴史』なる本だった。この本によれば一八九〇年に電気椅子での死刑が開始されて以来、ほんの数例だけ執行途中に失敗があったという。執行前の点検ミスや不測のトラブルで、電気が流れても囚人が死にきれなかったのだ。ダニーが注目したのは、ネブラスカ州法によれば死刑という過程が刑の執行であり、囚人が死ななかったからといって二度目の死刑がなされることはないという司法判断だった。これには電気椅子が唯一の執行方法と規定されるネブラスカ州特有の事情が起因していた。

かくしてダニーの挑戦が始まった。

その日からダニーは人一倍、いや二倍三倍と食べるようになった。とにかくパンのひと欠片《かけら》、ミルク一滴も残さないどころか、他の囚人が残したものまで漁《あさ》る。そして日中はなるべく身体を動かさず、怠業を看守に注意されても運動を避けた。

目的は一にも二にも太ることだった。電気椅子は大柄の囚人にも対応できるよう、サイズが大きめに作られているが、逆に言えば電気椅子に座れないほど太れば刑の執行は事実上不可能になる。ダニーはそれを狙ったのだ。

収監時、一五〇ポンド（約七〇キロ）だった体重は、暴食と怠惰《たいだ》を始めてからみるみるうちに増加した。元より太り易《やす》かった体質に加えて、生への執着心がダニーの肥満を加速させた。最初に太ったのはやはり腹だ。次に頬、首回り、二の腕に脂肪がつき始め、二カ月も経つと支給された囚人服では間に合わなくなった。

体重が二五〇ポンドを超えるようになると、ダニーの噂は囚人たちの間で面白おかしく喧伝《けんでん》されるようになった。死刑を免れるために肥満を目指すというのは斬新なアイデアだったし、下手《へた》に脱獄を試みるよりも数段ユーモアに富んでいたからだ。普段から娯楽の少ない獄中で、ダニーの挑戦は格好の見世物になった。見世物は外から煽《あお》るのが一番愉《たの》しい。早速、陰ながらダニーに協力する囚人が現れ、ダニーの摂食量は更《さら》に増加した。

もちろん刑務所側もその噂を聞きつけ、タウンゼント所長は看守一同にダニーの肥満を阻止するよう命令を下した。

「肥満を理由に死刑執行が中止にされたら、州立刑務所始まって以来の汚点になる。ヤツを死ぬほど働かせろ。毎日三リットルの汗を流させ、五ポンドの肉を削げ落とせ」

看守たちは何とかしてダニーをダイエットさせようとしたが、既に体重三〇〇ポンドを超えていたダニーは自《おの》ずと動きが鈍くなっていた。独房に閉じ込めて三度の食事量を制限しようとしても、他の囚人が看守の目を盗んで残飯を差し入れるため有効な手段にはならなかった。刑務所も人手不足で、ダニー一人に二十四時間体制の見張りをつけることはできない。そして何より、ダニーは命懸けだった。血走った目で食い物を掻き込むダニーと、所長の命令に従うだけの看守たちの間には執念に歴然とした差があった。

ダニーの死刑執行まであと三カ月と迫り、刑務所側との攻防は更に熾烈《しれつ》を極めた。手足に縄をつけてまで運動させようとする看守たちと、ビヤ樽のような身体を床に沈ませるダニーの綱引きが毎日続けられた。

「ダニー、自分の姿を鏡に映したことがあるか。まるでフリークスだぞ。お前に人間としての尊厳はあるのか」

「飽食は七つの大罪の一つだ。日曜礼拝で習わなかったのか、この反キリスト者め」

それでも尚《なお》、ダニーは食べる、食べる、食べる。嫌な臭いのする汗を掻き、四肢をボンレスハムのようにしながらひたすら食う。

そしてとうとう死刑執行の日が到来したが、執行室に連行されてきたダニーの姿を見たギャラリーたちは一様に我が目を疑った。

その時ダニーの体重は四三〇ポンド（約二〇〇キロ）を超え、ニッポンのスモウレスラーもかくやという体格に変貌していたのだ。象のような足には特注の足枷《あしかせ》が嵌《は》められていたが、どちらにせよ看守数人の力を借りなければ自力で歩くことさえ不可能だった。やっと椅子まで辿《たど》り着いても座らせるのがひと苦労で、ビッグサイズの台座に尻を収める際には看守たちの掛け声とダニーの悲鳴が同時に響き渡った。

悪戦苦闘すること一時間、何とか座らせはしたものの木製の側座枠からはめりめりと不吉な音が立ち始めた。この時点でタウンゼント所長の眉間には深い皺《しわ》が刻まれたのだが、彼の敗北が決定的になったのはダニーの身体を椅子に固定させる時だった。

囚人を椅子に固定するためには頭部・胸部・胴部・両手・両足首の計七カ所を革ベルトでしっかりと巻かなければならない。ところがダニーの膨脹した胴体と手足は拘束を拒絶した。どれだけベルトを伸ばしてもひと周りに満たないのだ。これでは足首に電極を密着させることができない。

とどめは椅子自体の脆弱《ぜいじゃく》さだった。看守たちが茫然《ぼうぜん》と見下ろす中、椅子の脚は四本とも派手な音を立てて潰れた。

タウンゼント所長は無念そうに首を振り、執行の一旦停止を宣言した。

「イエイ、やったぞ！」

床に尻餅をついたダニーは勝どきの声を上げる。

「俺は勝った。州立刑務所に勝ったんだ！」

ネブラスカ州の財政は逼迫《ひっぱく》しており、まさかダニー一人のために専用の電気椅子を発注するような予算はない。ネブラスカ州当局が死刑執行中止を命じるのは、ほぼ確実と思えた。

ダニーは鼻歌を歌いながら看守たちに運ばれていく。

だが翌日、ダニーは独房の中で冷たくなっているのを発見された。

死因は肥満による心臓血管障害だった。

この物語はフィクションです。もし同一の名称があった場合も、
実在する人物、団体等とは一切関係ありません。

執筆者プロフィール一覧　※五十音順

遠藤浅蜊（えんどう・あさり）

一九七九年、新潟県生まれ。第二回『このライトノベルがすごい！』大賞・栗山千明賞を受賞、『美少女を嫌いなこれだけの理由』にて二〇一一年デビュー。他の著書に『魔法少女育成計画』『魔法少女育成計画restart（前）（後）』『魔法少女育成計画episodes』『魔法少女育成計画limited（前）（後）』『魔法少女育成計画JOKERS』『魔法少女育成計画ACES』『特別編集版 魔法少女育成計画』（すべて宝島社）がある。

大泉貴（おおいずみ・たかし）

一九八七年生まれ、東京都在住。第一回『このライトノベルがすごい！』大賞・大賞を受賞、『ランジーン×コード』にて二〇一〇年デビュー。他の著書に『アニソンの神様』『東京スピリット・イエーガー　異世界の幻獣、覚醒の狩人』『サウザンドメモリーズ　転生の女神と約束の騎士たち』（以上宝島社）、『我がヒーローのための絶対悪（アルケマルス）』（小学館）などがある。

大間九郎（おおま・くろう）

一九七七年、神奈川県生まれ。第一回『このライトノベルがすごい！』大賞・栗山千明賞を受賞、『ファンダ・メンダ・マウス』にて二〇一〇年デビュー。他の著書に『ファンダ・メンダ・マウス2　トラディショナルガール・トラディショナルナイト』『オカルトリック1〜2』『絶名のドラクロア』（すべて宝島社）がある。

おかもと（仮）（おかもと・かっこかり）

一九八四年生まれ、北海道在住。第一回『このライトノベルがすごい！』大賞・特別を受賞、『伝説兄妹！』にて二〇一〇年デビュー。他の著書に『伝説兄妹！2〜3』『しずまれ！　俺の左腕1〜2』『空想少女は悶絶中』（すべて宝島社）がある。

喜多南（きた・みなみ）

一九八〇年、愛知県生まれ。第二回『このライトノベルがすごい！』大賞・優秀賞を受賞、『僕と姉妹と幽霊の約束』にて二〇一一年デビュー。他の著書に『僕と彼女と幽霊の秘密』『僕と姉妹と幽霊の再会』『絵本作家・百灯瀬七姫のおとぎ事件ノート』（すべて宝島社）がある。

木野裕喜（きの・ゆうき）

一九八二年、奈良県生まれ。第一回『このライトノベルがすごい！』大賞・優秀賞を受賞、『暴走少女と妄想少年』にて二〇一〇年デビュー。他の著書に『スクールライブ・オンライン』（以上宝島社）、『電想神界ラグナロク』（ＳＢクリエイティブ）がある。

篠原昌裕（しのはら・まさひろ）

神奈川県横須賀市ハイランド生まれ。第十回『このミステリーがすごい！』大賞・隠し玉として、『保健室の先生は迷探偵!?』にて二〇一二年デビュー。他の著書に『死にたがりたちのチキンレース』（宝島社）がある。

高橋由太（たかはし・ゆた）

一九七二年、千葉県生まれ。第八回『このミステリーがすごい！』大賞・隠し玉として、『もののけ本所深川事件帖　オサキ江戸へ』にて二〇一〇年デビュー。『もののけ本所深川事件帖　オサキ鰻大食い合戦へ』、『もののけ本所深川事件帖　オサキ婚活する』、『もののけ本所深川事件帖　オサキと江戸の歌姫』、『もののけ本所深川事件帖　オサキつくもがみ、うじゃうじゃ』（以上、宝島社）、『大江戸あやかし犯科帳　雷獣びりびり』（徳間書店）、『唐傘小風の幽霊事件帖』（幻冬舎）、『つばめや仙次ふしぎ瓦版』（光文社）、『ちょんまげ、ちょうだい　ぽんぽこもののけ江戸語り』（角川書店）などがある。

谷春慶（たに・はるよし）

一九八四年、新潟県生まれ。第二回『このライトノベルがすごい！』大賞・大賞を受賞、『モテモテな僕は世界まで救っちゃうんだぜ（泣）』にて二〇一一年デビュー。他の著書に『モテモテな僕は世界まで救っちゃうんだぜ（泣）２～７』『モテモテな僕は世界まで救っちゃうんだぜ（妄想）』『モテモテな僕は世界まで救っちゃうんだぜ（入門）』『神☆降臨！　ロンギヌスの槍は銃刀法にひっかかりますか？』『筆跡鑑定人・東雲清一郎は、書を書かない。』（すべて宝島社）がある。

中山七里（なかやま・しちり）

一九六一年、岐阜県生まれ。第八回『このミステリーがすごい！』大賞・大賞を受賞、『さよならドビュッシー』にて二〇一〇年デビュー。他の著書に『連続殺人鬼カエル男』『いつまでもショパン』（以上、宝島社）、『贖罪の奏鳴曲』（講談社）、『テミスの剣』（文藝春秋）、『月光のスティグマ』（新潮社）、『嗤う淑女』（実業之日本社）、『ハーメルンの誘拐魔』（角川書店）など多数。

七尾与史（ななお・よし）

一九六九年、静岡県生まれ。第八回『このミステリーがすごい！』大賞・隠し玉として『死亡フラグが立ちました！』にて二〇一〇年デビュー。他の著書に『殺戮ガール』『死亡フラグが立ちました！　カレーde人類滅亡!?殺人事件』『僕はもう憑かれたよ』（以上、宝島社）、『ドS刑事　風が吹けば桶屋が儲かる殺人事件』（幻冬舎）、『山手線探偵』（ポプラ社）、『バリ3探偵圏内ちゃん』（新潮社）、『妄想刑事エニグマの執着』（徳間書店）、『すずらん通りベルサイユ書房』（光文社）、『表参道・リドルデンタルクリニック』（実業之日本社）などがある。

柊サナカ（ひいらぎ・さなか）

一九七四年、香川県生まれ、兵庫県育ち。第十一回『このミステリーがすごい！』大賞・隠し玉として『婚活島戦記』にて二〇一三年デビュー。他の著書に『レディ・ガーディアン 予告誘拐の罠』、『谷中レトロカメラ店の謎日和』（すべて宝島社）がある。

深町秋生（ふかまち・あきお）

一九七五年、山形県生まれ。第三回『このミステリーがすごい！』大賞・大賞を受賞、『果てしなき渇き』にて二〇〇五年デビュー。他の著書に『ヒステリック・サバイバー』『デッドクルージング』『ジャックナイフ・ガール 桐崎マヤの疾走』（以上、宝島社）、『アウトバーン』（幻冬舎）、『猫に知られるなかれ』（角川春樹事務所）、『バッドカンパニー』（集英社）などがある。

堀内公太郎（ほりうち・こうたろう）

一九七二年、三重県出身。第十回『このミステリーがすごい！』大賞・隠し玉として『公開処刑人 森のくまさん』にて二〇一二年デビュー。他の著書に『公開処刑板 鬼女まつり』『だるまさんが転んだら』『公開処刑人 森のくまさん ―お嬢さん、お逃げなさい―』『既読スルーは死をまねく』（以上、宝島社）、『「ご一緒にポテトはいかがですか」殺人事件』（幻冬舎）がある。

森川楓子（もりかわ・ふうこ）

一九六六年、東京都生まれ。第六回『このミステリーがすごい！』大賞・隠し玉として『林檎と蛇のゲーム』にて二〇〇八年デビュー。別名義でも活躍中。

柚月裕子（ゆづき・ゆうこ）

一九六八年、岩手県生まれ。第七回『このミステリーがすごい！』大賞・大賞を受賞、『臨床真理』にて二〇〇九年デビュー。『検事の本懐』にて二〇一二年、第二十五回山本周五郎候補。二〇一三年、第十五回大藪春彦賞受賞。『孤狼の血』（角川書店）にて、二〇一五年、山田風太郎賞候補、二〇一六年、直木賞候補。他の著書に『最後の証人』『検事の死命』『蟻の菜園 ―アントガーデン―』（以上、宝島社）、『パレートの誤算』（祥伝社）、『朽ちないサクラ』（徳間書店）、『ウツボカズラの甘い息』（幻冬舎）などがある。

吉川英梨（よしかわ・えり）

一九七七年、埼玉県生まれ。第三回「日本ラブストーリー大賞」エンタテインメント特別賞を受賞。『私の結婚に関する予言38』にて二〇〇八年デビュー。他の著書に『警視庁「女性犯罪」捜査班　警部補・原麻希』『警視庁「女性犯罪」捜査班　警部補・原麻希　5グラムの殺意』（以上、宝島社文庫）、『ダナスの幻影』（朝日新聞出版）、『片恋パズル』（集英社みらい文庫）、『葬送学者・鬼木場あまねの事件簿』（河出書房新社）などがある。

宝島社
文庫

5分で笑える! おバカで愉快な物語

（ごふんでわらえる！ おばかでゆかいなものがたり）

2016年 3 月18日　第1刷発行
2023年12月22日　第5刷発行

編　者　『このミステリーがすごい!』編集部
発行人　蓮見清一
発行所　株式会社 宝島社
〒102-8388　東京都千代田区一番町25番地
電話：営業 03(3234)4621／編集 03(3239)0599
https://tkj.jp
印刷・製本　中央精版印刷株式会社

ISBN 978-4-8002-5343-9

大人気作家の書き下ろし25作品
宝島社文庫
3分で読める!
眠れない夜に読む心ほぐれる物語
『このミステリーがすごい!』編集部 編
夢のように切ない恋物語や
睡眠を使ったビジネスの話……
寝る前に読む超ショート・ストーリー
全25話収録!
青山美智子
一色さゆり
乾 緑郎
岡崎琢磨
海堂 尊
柏 てん
喜多 南
喜多喜久
咲乃月音
佐藤青南
沢木まひろ
志駕 晃
城山真一
高橋由太
辻堂ゆめ
塔山 郁
友井 羊
中山七里
七尾与史
林由美子
柊サナカ
深沢 仁
降田 天
堀内公太郎
森川楓子
定価 748円(税込)
イラスト/はしゃ
『このミステリーがすごい!』大賞は、宝島社の主催する文学賞です(登録第4300532号)
好評発売中!
宝島社
お求めは書店、公式通販サイト・宝島チャンネルで。
宝島チャンネル
検索